中國語言文字研究輯刊

二五編

許學仁 主編

第7冊

漢語音義學研究論集（一集）
——首屆漢語音義學研究國際學術研討會暨
第四屆佛經音義研究國際學術研討會論文集（下）

黃仁瑄 主編

花木蘭文化事業有限公司

國家圖書館出版品預行編目資料

漢語音義學研究論集（一集）——首屆漢語音義學研究國際
學術研討會暨第四屆佛經音義研究國際學術研討會論文集
（下）／黃仁瑄 主編 -- 初版 -- 新北市：花木蘭文化事業有
限公司，2023〔民112〕
目 2+160 面；21×29.7 公分
（中國語言文字研究輯刊 二五編；第 7 冊）
ISBN 978-626-344-428-7（精裝）
1.CST：聲韻學 2.CST：語意學 3.CST：文集
802.08   112010452

ISBN-978-626-344-428-7

9 786263 444287

中國語言文字研究輯刊
二五編　第七冊　　　　　　　　ISBN：978-626-344-428-7

漢語音義學研究論集（一集）
——首屆漢語音義學研究國際學術研討會暨
第四屆佛經音義研究國際學術研討會論文集（下）

編　　者　黃仁瑄
主　　編　許學仁
總 編 輯　杜潔祥
副總編輯　楊嘉樂
編輯主任　許郁翎
編　　輯　張雅淋、潘玟靜　美術編輯　陳逸婷
出　　版　花木蘭文化事業有限公司
發 行 人　高小娟
聯絡地址　235 新北市中和區中安街七二號十三樓
　　　　　　電話：02-2923-1455 ／傳真：02-2923-1452
網　　址　http://www.huamulan.tw 信箱 service@huamulans.com
印　　刷　普羅文化出版廣告事業
初　　版　2023 年 9 月
定　　價　二五編 22 冊（精裝）新台幣 70,000 元

漢語音義學研究論集（一集）
——首屆漢語音義學研究國際學術研討會暨第四屆佛經音義研究國際學術研討會論文集（下）

黃仁瑄　主編

目次

慧琳《一切經音義》句尾詞「故」研究

吳成洋*

摘　要

　　《慧琳音義》中表示原因的句尾詞「故」頗為常見，有「以……故」「為……故」「謂……故」等固定句式。這類用例和相關佛經原文有直接的關聯。句尾詞「故」的用法可追溯到先秦漢語，在《左傳》《禮記》中已有用例。後世這類用例漸少，卻在漢譯佛經中得以沿用和發揮，成為特色。這是梵漢語言接觸的結果。

關鍵詞：慧琳音義；故；佛經翻譯；語言接觸

一、引　言

　　「故」字在因果句式中通常放在結果句之首，但是在先秦乃至中古漢語中，表示「緣故、原因」義的「故」也可用在句尾。尤其是在中古漢譯佛經中，「故」在句尾表示原因的特殊用法被視「最突出的特點之一〔註1〕」。許理和（E. Zürcher）較早關注到漢譯佛經中逐漸程式化的「……故」句型，他指

　　＊　吳成洋，1987 年生，男，上海師範大學人文學院博士研究生，上海健康醫學院文
　　　　理教學部講師，研究方向：古漢語文獻及語言文字研究。
〔註 1〕　參《最早的佛經譯文中的東漢口語成分》，原文為英文，載於《中國語教師會會報》
　　　　（Journal of the Chinese Language Teachers）第 12 卷第 3 期（1977 年 5 月）。原譯
　　　　稿由蔣紹愚翻譯、葉蜚聲校，並經許理和審閱，刊載於《語言學論叢》第 14 輯（1987
　　　　年商務印書館出版）。後來文章的前言部分由吳娟重譯，譯稿全文經蔣紹愚審閱，
　　　　收入朱慶之編《佛教漢語研究》（2009 年商務印書館出版）。

出表示原因的句尾詞「故」已經發展成一個句末助詞，認為這是當時口語的普遍用法，也與梵文中表示原因的從格（causal ablative）有關。姜南（2011：42～52、57～61、189～194）通過對竺法護譯《正法華經》和鳩摩羅什譯《妙法蓮華經》兩部佛經的梵漢對勘，發現「故」與梵文中的名詞格尾、絕對分詞（如 ārabhya、āgamya）、現在分詞、不定式、不變詞（hi、yaḥ）等多種語法成分存在對應關係。王繼紅（2014：171～186）以《阿毗達摩俱舍論》為例，研究認為句末的「故」是仿譯梵語語法的結果，句末的「故」用來對譯梵文中的從格格尾-at、具格格尾-ena（陽性）／yā（陰性）、不變詞 hi 和名詞 artha 以及以 artha 結尾的不變狀複合詞等成分。」本文重點從《慧琳音義》句尾詞「故」的用例入手，綜合分析漢譯佛經中「故」的使用特點及成因。

二、句尾詞「故」的用例及其句式特點

因為「故」字在句首和句末均可出現，故對於斷句標點有明顯的提示意義。筆者選取《慧琳音義》「故」字作虛詞且涉及斷句判斷的用例，共計得到有效用例 1021 條〔註 2〕。這些用例的斷句主要有兩種情況：一是屬上讀（作句尾詞），大多指「緣故、原因」義；一是屬下讀（作句首詞），大多用作連詞指「所以、因此、因而」。統計顯示，《慧琳音義》中「故」字屬下讀的，有 905 例，約占 89％；99 例屬上讀，約占 10％；剩餘的 17 例中，「故」字斷句可上可下，暫時難以斷定。總體上看，《慧琳音義》中「故」字屬下讀的用例已經佔據絕對主導地位，與當今用法相同。99 個句尾詞「故」的用例，才是《慧琳音義》「故」字使用的特色。因此，筆者分析了句尾詞「故」的用例的句式特點，詳見下表。

《慧琳音義》句尾詞「故」的用例句式特點統計表

句式特點	出現總數	具體分佈	次數
句末「故也」固定搭配	64	搭配「以」構成「以……故也」結構	20
		搭配「謂」構成「謂……故也」結構	9
		搭配「言」構成「言……故也」結構	6

〔註 2〕本文統計《慧琳音義》等相關資料依照徐時儀師《一切經音義三種校本合刊》（修訂本）。

		搭配「為」構成「為……故也」結構	2
		單純「故也」搭配〔註3〕	27
「以……故（也）」結構	31	搭配「也」構成「以……故也」結構	20
		「以……故」結構	11
「謂……故（也）」結構	15	搭配「也」構成「謂……故也」結構	9
		「謂……故」結構	6
「言……故也」結構	6	「言……故也」結構	6
「為……故（也）」結構	5	搭配「也」構成「為……故也」結構	2
		「為……故」結構	3
「由……故（者也）」結構	2	搭配「者也」構成「由……故者也」結構	1
		「由……故」結構	1

　　由上表可知，句末「故也」固定搭配是判斷「故」字屬上讀的最明顯標誌，共有 64 例，占比約 65%。「以……故（也）」「謂……故（也）」「言……故（也）」「為……故（也）」「由……故」等典型句式，共計 59 例，占比約 60%，是判斷「故」字屬上讀的重要特徵。以上規律，有助於判斷「故」字的標點問題。如《慧琳音義》卷 1《大般若經》卷 1「薄伽梵」條「古譯為世尊，世出世間，咸尊重故。《佛地論頌》曰：自在熾盛與端嚴，名稱吉祥及尊貴。」《一切經音義三種校本合刊》（下文簡稱《合刊》）將劃線內容標點為「鹹尊重，故《佛地論頌》曰」不妥。又《希麟音義》卷 9《根本說一切有部毗奈耶破僧事》卷 1「薄伽梵」條相似內容：「舊翻為世尊，謂世出世間，咸尊重故。大智度論云：」《續一切經音義校注》標點為「舊翻為世尊，謂世出世間咸尊重。故大智度論云：」亦不妥。又《慧琳音義》卷 21 轉錄慧苑《華嚴經音義》卷 14「沙門」條：「又曰聽聞，〔謂多聞〕〔註4〕熏習是常業故。又云止息者，謂袈裟蔭力止息一切不安隱故也。」《合刊》將劃線句句末之「故」字屬下讀作「故又云止息者」，不妥。該句慧苑原作「謂多聞熏習是常業故」（金藏本），典型的「謂……故」結構。

　　在一些用例中，若「故」字與後文構成「故名」「故曰」「故云」，則雖有「為……故」「以……故」等固定結構，也不能輕易判斷屬上讀，而要結合行文和語意分析。如《玄應音義》卷 2《大般涅槃經》卷 4「皮革　古核反。皮

〔註3〕另有「故耳也」、「故者也」各 1 例，未列入統計。

〔註4〕謂多聞麗藏本無，據獅谷白蓮社本補。

去毛曰革，謂變更之，<u>故</u>為皮革字也。」「故」字前後有明顯的因果關係，且「故為」與「故云」「故名」「故曰」一樣結合緊密，不宜點斷。所以，該例「故」字屬下讀。

三、《慧琳音義》句尾詞「故」來源考探

　　統計發現，《慧琳音義》「故」字屬上讀的用例，在各卷的分佈極不平均。前 30 卷中，用例就多達 72 條，後 70 卷僅有 27 條。比較《希麟音義》「故」字屬上讀的用例，在各卷的分佈相對平均。筆者以為，這不是慧琳有意為之，而與佛經文獻本身特點有關。《慧琳音義》「故」字屬上讀的用例，集中出現在鳩摩羅什譯《妙法蓮華經》、曇無讖譯《大般涅槃經》、實叉難陀譯《華嚴經》、玄奘譯《大般若經》等經書的音義中。據以上佛經原文的調查，發現這些經書中有大量句尾詞「故」的用例。

　　鳩摩羅什譯《妙法蓮華經》7 卷，「故」字共出現 270 次，句尾詞「故」出現頻率較高。抽樣統計測算〔註5〕，其用例當數以百計。曇無讖譯《大般涅槃經》40 卷，實叉難陀譯《華嚴經》80 卷，「故」字出現次數分別為 4805 次、4441 次。抽樣統計推算，兩部經書句尾詞「故」用例分別當數以千計。玄奘譯《大般若經》600 卷，卷帙浩繁，「故」字出現次數多達 87981 次。「故」字出現次數在各卷的分佈也極為懸殊，有一些卷次次數為 0 或者個位數，但是有些卷次數多達四五百次，次數最高的為卷 204 中的 592 次。抽樣統計發現，有些卷次中句尾詞「故」的用例占比極高。如卷 41 中出現「故」字 127 次，其中句尾詞「故」的用例多達 120，占比 94%。如卷 30 中出現「故」字 50 次，竟然全是句尾詞「故」的用例。細究之，這 50 例全是「尚畢竟不可得，性非有故」的重複。卷 75 中出現「故」字 249 次，也全部是句尾詞「故」的用例。細究之，這 249 例絕大多數是「何以故？以自性空故」「何以故？皆本性空故」「依內依外依兩中間不可得故」這三句話的重複。卷 215 中出現「故」字 408 次，「故」字屬上讀和下讀的用例各占一半。細究之，這 408 例中，「故」字屬上讀和下讀情況相伴相生。其每一段經文，都是前文立論，後文解釋的固定模式。立論中用「……，故……」句式重複 2 次，解釋中用「何以故？……故」句式，亦出現「故」屬上讀 2 次。如此高的比例，如此龐大的數量，是值得重視的。由此推

〔註5〕此處及下文對佛經文獻的調查統計，資料均來源於 CBETA 電子佛典集成。

測，《大般若經》句尾詞「故」的用例當數以萬計，部分卷次以句尾詞「故」為主，構成了鮮明的特色。

以上幾位譯經者都是公認的佛學大師，在佛經翻譯方面成就巨大；以上所列之漢譯佛經，也都是重要的佛典，流傳甚廣，影響深遠。由此知佛經音義句尾詞「故」的使用特點，非音義作者獨創，當是受到這些漢譯佛經的影響。由此知句尾詞「故」不僅僅是佛經音義中的一個特點，也是漢譯佛經中一個鮮明的語言特色。

四、漢譯佛經句尾詞「故」使用特色及原因分析

（一）漢譯佛經對漢語中句尾詞「故」固有用法的沿用

調查發現，從早期譯經者東漢末年安世高、支婁迦讖的翻譯作品中，就可以看到大量句尾詞「故」的用例，其典型句式特點和《慧琳音義》、《玄應音義》、《希麟音義》有很強的一致性。從中可以看出佛經翻譯，特別是早期譯經的固定用法在後世佛經文獻中的沿用。

據統計，先秦典籍中「故」字已經大量屬下讀表示「所以」，句尾詞「故」的用例雖有一些，但是比例相對較低。如下表所示〔註6〕，《左傳》中共計出現195個句尾詞「故」的用例，數量雖然很多，但是比例上相比較於「故」字屬下讀的用例是少數。《左傳》是古文經，對照今文經，筆者還發現句尾詞「故」的用例相有減少的趨勢。詳見下表：

書　名	「故」字出現次數	屬上讀	屬下讀	「故也」單獨句讀	非虛詞義
春秋穀梁傳	147	5	115	12	15
春秋左氏傳	680	195			
春秋公羊傳	53	8			
大戴禮記	283	2			
小戴禮記	622	8			

由上表可以管窺先秦到漢代漢語「故」字「屬」上讀的用例逐漸減少，「屬」下讀〔註7〕的用例逐漸增加，並且佔據主導地位的發展趨勢。這裡「故」字啟

〔註6〕此處選用漢籍全文資料庫檢索、統計。

〔註7〕限於時間精力有限，筆者沒有一一統計「故」字屬下讀的準確數字，但是從「故」字屬上讀用例占比極少的事實，可以反推「故」字屬下讀的主導地位。

下的主導地位，在後世一直延續，以至於今。上文所述句末「故也」固定搭配、「為……故（也）」結構在《左傳》中也屢次出現。如《左傳·哀公五年》「夏，趙鞅伐衛，范氏之故也，遂圍中牟。」《左傳·哀公七年》「七年春，宋師侵鄭，鄭叛晉故也。」《左傳·哀公八年》「吳為邾故，將伐魯，問于叔孫輒。」《左傳·宣西元年》「六月，齊人取濟西之田，為立公故，以賂齊也。」

從時間先後來講，先秦漢語中句尾詞「故」的用法在前，而東漢漢譯佛經的用例在後。從漢語史的角度看，東漢正是上古漢語與中古漢語的分界線。所以，漢語中「故」字斷句用例的發展演變趨勢在漢譯佛經中也有體現。不過由於梵漢語言接觸的影響，「故」字用例在漢譯佛經中有著鮮明的特色。

（二）梵漢語言接觸背景下，漢譯佛經中「故」字用例的創新

王力先生曾說：「佛教用語對漢語的影響是巨大的。」由於梵漢語言的差異，漢譯佛經中往往創造性地使用漢語，產生了許多新詞新義，乃至新的語法現象。與中土漢語不同，漢譯佛經在梵語的影響下，句尾詞「故」用例卻越來越多，雖不能與「故」字啟下的主流相抗衡，但是形成了固定的範式和特色。例如「所以者何」和「何以故」的此消彼長，「云何……故？」句式的出現，就是明證。

「何以故？」是漢譯佛經中句尾詞「故」用例中的一個高頻用例。在許多設問句式的用例中，它與下文構成「何以故？……故」固定句式。如玄奘譯《大般若經》中就大量出現這種句式。先秦乃至中古時期的文言文，少有「何以故」的用例。古漢語「何以」、「何故」常用在疑問句開頭表示詢問原因，「故」字也有表示「原因」的義項，「何以故」語義前後重複的，不符合正常的語法習慣。先秦文獻中「故」字作為虛詞表示「所以、因此」多屬下讀。故我們以為，漢譯佛經中「何以故？」這個句子，很可能就是譯經者對漢語的「創造性」組合，是梵漢語言互相影響的結果。雖然不符合中土文言語法，但是簡單明瞭，通俗易懂，所以受到外國來華僧人的青睞。這一特點在曇無讖翻譯中，可以找到例證。曇無讖譯《大般涅槃經》卷 10：

> 純陀復言：「世尊！若一闡提能自改悔，恭敬供養、讚歎三寶，施如是人得大果報不？」……「善男子！彼一闡提亦復如是，燒然善根，當於何處而得除罪？善男子！若生善心，是則不名一闡提也。

善男子！以是義故，一切所施所得果報非無差別。何以故？施諸聲聞所得報異，施辟支佛得報亦異，唯施如來獲無上果，是故說言一切所施非無差別。」（引自《大正藏》（CBETA 版）〔T12n0374_p0425c20～0426a04〕）

該段內容還有一個異譯本——法顯、佛陀跋陀羅譯《大般泥洹經》〔註8〕卷6：

純陀白佛言：「世尊！若一闡提還生信心，悔過三尊，若人施與，得大果不？」……「彼一闡提亦復如是，壞善種子，欲令改悔，生其善心，無有是處，是故名為一闡提也。佈施持戒得大果者，果亦不同。所以者何？佈施聲聞及辟支佛，所得果報皆有差別，唯施如來獲最上果。是故說言，非一切施得大果報。」（引自《大正藏》（CBETA 版）〔T12n0376_p0897c04-c13〕）

比對這兩個譯本，除了翻譯風格差異〔註9〕外，還存在「何以故？和「所以者何？兩個句子的使用差別。比較上文兩個劃線句，曇無讖的後譯本將前人譯本中的「所以者何」替換成「何以故？」什麼原因呢？檢索《大般涅槃經》（CBETA 版），「所以者何」共出現了47次，皆為詢問原因的問句，後文常常接「……故」句式來回答原因；檢索「何以故？」出現多達589次。可見曇無讖是比較傾向於用「何以故？」這一表述的。再檢索《大般泥洹經》（CBETA 版），「所以者何」共出現了61次，皆為詢問原因的問句，後文常常接「……故」句式來回答原因；檢索「何以故？」僅出現1次。可見《大般泥洹經》是比較傾向於用「所以者何」這一表述的。曇無讖將「所以者何？」替換為「何以故？」，說明在他心中「何以故？」更好，這可能跟翻譯風格的通俗取向有關。

比較玄奘和鳩摩羅什翻譯，也能看出這種差別。如鳩摩羅什譯《摩訶般若經・奉缽品》有一段與《般若經》十分相近的話：

「菩薩摩訶薩行般若波羅蜜時，不見菩薩，不見菩薩字，不見般若波羅蜜，亦不見我行般若波羅蜜，亦不見我不行般若波羅蜜。

〔註8〕法顯、佛陀跋陀羅譯《大般泥洹經》，相當於曇無讖譯本的前10卷。

〔註9〕法顯譯本在前，有較多的四字句式，文風明顯偏向於文言。反觀曇無讖譯本，句式長短不一，語言鮮活，有較強的白話色彩。

何以故？菩薩、菩薩字性空，空中無色無受想行識，離色亦無空，離受想行識亦無空。色即是空，空即是色，受想行識即是空，空即是識……」（引自《大正藏》（CBETA 版）〔T08n0223_p0221b25-c02〕）

玄奘譯《大般若經》第二會《觀照品》作：「菩薩摩訶薩修行般若波羅蜜多時，應如是觀，實有菩薩，不見有菩薩，不見菩薩名，不見般若波羅蜜多，不見般若波羅蜜多名，不見行，不見不行。<u>何以故？舍利子，菩薩自性空，菩薩名空。所以者何？色自性空，不由空故；色空非色，色不離空，空不離色，色即是空，空即是色。受想行識自性空，不由空故。受想行識空非受想行識；受想行識不離空，空不離受想行識；受想行識即是空，空即是受想行識</u>……」（引自《大正藏》（CBETA 版）〔T07n0220_p0011b26-c06〕）

以上兩個譯本中均有「何以故？」這一常見用例。差異在於，同樣是詢問原因，玄奘在文中「何以故？」和「所以者何？」並用。筆者以為，玄奘用「何以故？」恐怕是沿用舊譯，「所以者何？」才是玄奘母語——漢語慣用的語句。上文已述，曇無讖將偏文言的譯本改成較為直白的風格，被替換的也正是「所以者何？」。玄奘譯經認真嚴謹，對羅什通俗舊譯「何以故？」加以保留，說明他認可這種譯法，玄奘譯《般若經》中大量出現「何以故？」，也證明了這一點。檢索《大般若波羅蜜多經》（CBETA 版），「何以故」共計出現 19808 次，「所以者何」共計出現 3701 次，兩相比較，終究是「何以故」佔據了絕對優勢。若以此為例比較法顯、鳩摩羅什、玄奘三者的用例，可以窺探從東晉到唐代，「何以故」由用例少到用例多，進而占主要地位的演變趨勢〔註10〕。

「云何……故？」句式也是梵漢語言互相影響的例子。《大方等大集經賢護分卷第一》（隋天竺三藏闍那崛多譯）：時彼賢護菩薩既蒙聽許，復白佛言：「世尊！菩薩摩訶薩具足成就何等三昧而能得彼大功德聚？云何得入多聞大海獲智慧藏，問無疑惑故？云何復得無意戒聚不失成就，於阿耨多羅三藐三菩提無退減故？復云何得不生愚癡，邪見空處故？云何當得宿命智，遍知去來故？《大方等大集經賢護分》（隋天竺三藏闍那崛多譯）卷第一：「時彼賢護菩薩既蒙聽許，復白佛言：『世尊！菩薩摩訶薩具足成就何等三昧而能得彼大功德聚？<u>云何得入多聞大海獲智慧藏，問無疑惑故？云何復得無意戒聚不</u>

〔註10〕筆者下文統計顯示，法顯《泥洹經》出現「何以故」1 例，羅什《妙法蓮華經》出現「何以故」4 例，雖然占比仍然很少，但是數量有所增加。

失成就，於阿耨多羅三藐三菩提無退減故？復云何得不生愚癡，邪見空處故？</u>
<u>云何當得宿命智，遍知去來故？』</u>（引自《大正藏》（CBETA 版）〔T13n0416_
p0873a08-a14〕）

　　上引文獻通篇都有「云何……故？」句式，為了行文簡潔，只引用這一小
段。從上文劃線句可知，三個「云何……故？」句式構成排比，氣勢貫通、文
意相連，有很強的節奏感，筆者以為，這也是譯經者對「何故」這一漢語本土
句式的變體，是受梵語影響的結果。

（三）譯經者國別、譯經地、時代及翻譯風格的影響

　　早期的譯經者，或來自天竺，或來自於西域，他們漢語水準有限，佛經翻
譯幾乎不可避免地受其母語影響。其對漢語的「創造性」使用，隨著佛教的傳
播和被漢文化接受，佛教詞語和用法逐漸被中國人接受，進而在後世得以延續
其特色。如上文說述法顯、佛陀跋陀羅譯《大般泥洹經》，法顯為中國人，翻譯
時用「所以者何？」很正常，這在玄奘〔註11〕身上也是一樣的（上文已述）。若
考慮法顯、玄奘等中國僧人用「所以者何？」而外籍僧人青睞「何以故？」的
情況，那麼國籍和語言差異就是不可忽視的原因了。

　　中國幅員遼闊，地域文化差別明顯。特別是魏晉南北朝時期，國家長期處
在分裂、動盪之中，民族融合，文化多樣。語言上有「南染吳越，北雜夷虜」
這一鮮明的特點。法顯和求那跋陀羅均在南方譯經，而菩提流支和曇無讖均在
北方。南北語言的差異也是一個不可忽視的原因。為此，筆者分別對《楞伽經》
〔註12〕、《涅槃經》的三種異譯本進行了調查。

經　名	譯　者	譯經年代	譯經地	所以者何	何以故
楞伽阿跋多羅寶經（4 卷）	中天竺沙門求那跋陀羅	南朝宋元嘉二十年（443）	建康	33 次	1 次
入楞伽經（10 卷）	北天竺沙門菩提留支	元魏延昌二年（513）	洛陽	0	97
大乘入楞伽經（7卷）	于闐三藏法師實叉難陀	武周久視元年（700）始譯	洛陽	3	38

〔註11〕玄奘雖是中國人，但是他精通梵語，譯經嚴謹求真，又能保留舊譯之優點。玄奘「五
　　　　不翻」原則中有一條「順古故不翻」，就有繼承舊譯傳統的意味。

〔註12〕《楞伽經》全稱《楞伽阿跋多羅寶經》，其譯名分別出自南朝宋元嘉二十年（443 年）
　　　　的求那跋陀羅、北魏的菩提流支、唐代於闐（今新疆和田）僧人實叉難陀。各譯為
　　　　四卷本、十卷本、七卷本。

大般泥洹經（6 卷）	法顯、佛陀跋陀羅	東晉義熙 14 年（418 年）	建康	61	1
大般涅槃經（40 卷）	曇無讖	北涼玄始三年至十年（414～421）	涼州（姑臧）	47	589
南本涅槃經（36 卷）	沙門慧嚴、慧觀與謝靈運等	劉宋元嘉年間（約 430～433）	建業	47	589
妙法蓮花經	鳩摩羅什	後秦弘始 3 年至 11 年（401～409）	長安	50	4

由上表可知，《楞伽經》的三個譯本，一個在南方建康翻譯，二個在北方洛陽翻譯。南、北譯本相比較發現：建康譯本「所以者何」出現次數多，占絕對多數，而「何以故」只出現區區一次；反觀兩個洛陽譯本，均是「何以故」占絕對多數，「何以者何」出現次數很少。與此類似，譯於南方建康的《大般泥洹經》（6 卷），相比較譯於涼州的 40 卷本〔註13〕，也是建康譯本「所以者何」占絕對多數，「何以故」出現次數占絕對少數。這似乎說明北方譯者更喜歡用「何以故」，而南方譯者更青睞「所以者何」。特別是兩部佛經的早期南方譯本，均多用「所以者何」，而其後譯本均不用或少用「所以者何」，反而大量使用「何以故」，這恐怕不是巧合。

除了地域性，還要考慮時代問題。筆者調查了年代較早的西晉竺法護譯佛經〔註14〕中「所以者何」、「何以故」使用情況。詳見下表：

經　名	卷數	所以者何	「所以者何」占比	何以故
生經	5 卷	21	80.8%	5
普曜經	8 卷	10	100%	0
光贊經	10 卷	210	93.8%	14
正法華經	10 卷	42	93.3%	3
度世品經	6 卷	21	95.5%	1
大哀經	8 卷	26	100%	0
阿差末菩薩經	7 卷	163	100%	0
賢劫經	8 卷	6	100%	0
修行地道經	7 卷	27	90%	3

竺法護由敦煌到長安，生活在北方，而上表竺法護譯經中，「所以者何」

〔註13〕南本《涅槃經》的調查資料和曇無讖本一樣，故不予單獨比較。
〔註14〕鑒於竺法護譯經數量眾多且有些經作者有爭議，筆者僅選取卷數較多且公認的幾部佛經作為調查對象。

用例占絕對多數，「何以故」數量極少，這與上文北方譯經的用例相反。究其原因，恐怕與時代因素有關。兩晉之交，有一次重大的歷史事件——「衣冠南渡」。之後，中國的文化中心開始向江南轉移。或許就是由於這次文化轉移，將北方譯經「所以者何」的常用語帶到了南方的建康。只不過後來「何以故」的流傳和使用越來越廣，以致在唐代玄奘、實叉的譯作中徹底佔據統治地位。

還有一個「特例」需要說明，那就是竺法護譯《正法華經》的一個異譯本——鳩摩羅什譯《妙法蓮華經》〔註15〕。筆者檢索羅什譯本發現，「所以者何？」出現 50 次，「何以故？」出現僅 4 次，和竺法護的用例規律類似。《正法華經》泰康 7 年（286）譯於長安，《妙法蓮華經》翻譯的時間範圍在弘始 3 年至 11 年（401～409），二者前後相差一百多年。竺法護和鳩摩羅什在翻譯用語上的這個相同點，反映出北方佛經翻譯用於在有時間上的延續性。南渡以後，南方建康的譯經保留竺法護和鳩摩羅什的用語特點，則體現出佛經翻譯用語在空間上的遷移。不過，隨著時間的進一步推移，從北涼曇無讖，到北魏菩提留支，一直到唐代實叉難陀，「何以故」的用例遠遠超過「所以者何」，體現出時代的變遷和語言的演變。最終，伴隨著佛經的傳播和接受，等到隋唐大一統朝代的來臨，「何以故」在玄奘、實叉的譯作中徹底佔據統治地位，「所以者何」與「何以故」的地域和時空差異就消失了。

「何以故」從曇無讖開始的後來居上，反映出佛經翻譯用語的變化，或許與「北雜夷虜」的語言演變有關，又或者與翻譯風格以及當時的口語使用習慣有關。這值得進一步深入探討。

（四）梵文佛經文體、韻律特點的影響

梵音多複音，漢語單奇，經文的翻譯是有難度的。特別是古印度流行的梵唄，因依梵土曲譜詠唱，翻譯難度就更大。故梵語佛經的翻譯，不僅有文字內容上的要求，還有音律和諧方面的要求。而只要是翻譯，不管優劣，其內容和風格都不可避免地會影響目的語。出於對宗教的虔誠，對經文的「求真」，是佛經翻譯的內在要求。故梵文佛經的文體、韻律特點不可避免地會影響這漢譯佛經，使其具有區別於中土漢語的獨特之處。

梁啟超早就指出佛教對漢語語法及文體變化的影響。他還說「讀什譯《馬

〔註15〕後秦鳩摩羅什與竺法護相似，同樣生活在北方，同樣在長安譯經，而且同樣翻譯《正法華經》，因而是一個很好的參照物。

鳴菩薩傳》，則知彼實一大文學家、大音樂家，其弘法事業恒借此為力器」。他評論宋元明以來的雜劇、傳奇、彈詞等，「亦間接汲《佛本行贊》等書之流焉。」此外，「梵唄」還是唐代譯經道場九種職位之一，負責將譯文一唱三誦，至音律和諧，朗朗上口為止。也可以說明漢譯佛經在韻律上的要求。

呂澄《入楞伽經講記》：「梵文鉤鎖連環，難得解析，不若中文之有虛字承接易明也」。漢譯佛經中表示原因義的「故」字，大概就是譯經者在翻譯佛經時借助的「虛字」。誠如前言所述許理和、姜南、王繼紅等學者所說，梵文語法對句尾詞「故」的使用產生了直接的影響，筆者很是贊同。不過，筆者以為如「何以故？……故」這種自問自答且頗有節奏感的句式，能很好地適應佛經的音聲特點。這種句式也與梵文「鉤鎖連環」的特點有相通之處。「何以故？……故」不僅在句內構成一環，而且可以不時重複，達到重章疊唱的音樂效果。至於偈頌之類，其文體和韻律要求更嚴，是漢譯佛經中文體和韻律特點的集中體現。

（五）「故」字與佛教因果思想的內在契合

佛教講「因果」，「故」字在佛經文獻中大量使用，一個內在的原因，是它本身有表示「原因、緣故」的義項。因為在經文中，凡表示因果關係的句子，均可以用「故」字連結。尤其「故」字屬上讀的諸多用例，「故」幾乎都表示「緣故、原因」義。因此，漢譯佛經中句尾詞「故」的使用特色，也是梵漢語言交流中雙向選擇的結果。

五、結　語

《慧琳音義》等佛經音義中句尾詞「故」有著鮮明的使用特色，其有「……故也」「以……故（也）」「謂……故（也）」「為……故（也）」等典型句式。這些句式有助於佛經文獻的斷句標點。《慧琳音義》句尾詞「故」的特殊用法與相應的漢譯佛經相一致，說明它也是漢譯佛經的鮮明特色之一。其成因是在先秦漢語固有用法基礎上，受到梵語語法、梵文佛經文體和韻律等因素的影響，經過歷代譯經者「創新」漢語用法，相承相因，最終形成的。

六、參考文獻

1. 朱慶之，《佛教漢語研究》，商務印書館，2009 年。
2. 王力，《漢語史稿》，中華書局，1980 年。

3. 梁啟超,《佛學研究十八篇》,上海古籍出版社,2001 年。

4. 呂澂,《中國佛學研究略講》,中華書局,1979 年。

5. 徐時儀,梁曉虹,陳五雲,《佛經音義研究通論》,鳳凰出版社,2009 年。

6. 王雲路,《論佛教典籍翻譯用語的選擇與創造》,《浙江師範大學學報(社會科學版)》第 2 期,2019 年。

7. 龍國富,《梵漢對勘在漢譯佛典語法研究中的價值》《西域歷史語言研究集刊》第 8 輯,2015 年。

8. 姜南,《基於梵漢對勘的〈法華經〉語法研究》,商務印書館,2011 年。

9. 王繼紅,《基於梵漢對勘的〈阿毗達磨俱舍論〉語法研究》,中西書局,2014 年。

《文字集略》考略*

吳亦琦*

摘　要

　　南梁阮孝緒所著《文字集略》今不傳，幸佛經音義等古籍中尚存 200 餘條佚文，現就輯錄所得從標形、注音、釋義三方面考探其體例和內容，並兼論其與《字略》的關係，略窺其語言研究、辭書研究和文化研究價值。

關鍵詞：《文字集略》；《字略》；學術價值

　　阮孝緒，南梁居士，著有《七錄》《高隱傳》《正史削繁》《文字集略》等，[註1]惜皆亡佚。所幸古籍中還存百餘條《文字集略》的內容，本文在所輯佚文

＊　基金項目：江西省高校人文社科項目「江西朱子門人所錄朱子語錄詞彙研究」（YY22217）階段性成果。

＊　吳亦琦，1994 年生，女，江西九江人，江西財經大學人文學院講師，博士，主要研究方向為古白話詞彙研究。

〔註1〕《南史·阮孝緒傳》：乃著《高隱傳》，上自炎、黃，終於天監之末，斟酌分為三品，凡若干卷。孫猛（2015，440）：「所著除此書與《七錄》外，有《高隱傳》三卷、《正史削繁》一百五十三卷、《序錄》一卷、《雜文》等，凡一百八十一卷。」《全上古三代秦漢三國六朝文·全梁文》：「《文字集略》一帙三卷，序錄一卷；《正史刪繁》十四帙一百三十五卷，序錄一卷；《高隱傳》一帙十卷，序例一卷；《古今世代錄》一帙七卷；《序錄》二帙一十一卷；《雜文》一帙十卷；《聲緯》一帙一卷。右七種二十一帙一百八十一卷。」清·臧庸《拜經堂文集》民國十九年宗氏石印本卷二：若張揖《埤蒼》、李登《聲類》、楊承慶《字統》、葛洪《字苑》、服虔《通俗文》、李彤《字指》、阮孝緒《文字集略》《漢書音義》皆今日已亡之小學家也。《七錄》被認為價值最高，今有輯佚本。

基礎上，對此書略作探究。

一、《文字集略》流傳情況

　　《文字集略》似有四卷本和六卷本之分。《廣弘明集》卷三《七錄》序目附錄曰：「《文字集略》一帙三卷，序錄一卷。」《隋書・經籍志》：「《文字集略》六卷，梁文貞處士阮孝緒撰。」但後世多承六卷之說。姚振宗《隋書經籍志考證》卷十：「《唐日本見在書目》：《文字集略》六卷，阮孝緒撰。」《冊府元龜》卷六百八十：「阮孝緒不應徵辟，撰《文字集略》六卷。」《玉海・藝文》卷四十四：「梁阮孝緒《文字集略》六卷。」《國史經籍志・經類》卷二：「《文字集略》六卷，梁阮孝緒。」《六藝之一錄》卷一百六十九：「梁阮孝緒《文字集略》六卷。」

　　唐代《文字集略》已多散佚，「兩唐書」皆記其一卷。《舊唐書・經籍志》：「《文字集略》一卷，阮孝緒撰。」《新唐書・藝文志》：「阮孝緒《文字集略》一卷。」至宋此書或亡佚。《續修四庫全書總目提要》：「宋陳振孫《直齋書錄解題》，始不著於錄。蓋其書隋時存者六卷，至唐已多散佚，僅存一卷。迨宋則並一卷亦亡之矣。」

　　佛經音義、《文選》注等古籍收錄了《文字集略》百餘條內容，〔註2〕任大椿《小學鉤沉》輯35條，大部分來自於佛經，標注具體名稱，另有一部分收錄《文選》注、《晉書音義》《爾雅釋文》《廣韻》所引《文字集略》的內容；黃奭《黃氏逸書考》輯35條，與《小學鉤沉》同；謝啟昆《小學考》輯25條，內容來自《一切經音義》和《文選》注。〔註3〕馬國翰《玉函山房輯佚書》輯49條，承襲《小學鉤沉》，每條下標注具體佛經名稱，條目來自《晉書音義》《文選》注、《毛詩釋文》《爾雅釋文》《廣韻》等；顧震福從《慧琳音義》《希麟音義》《倭名類聚抄》十卷本中輯得191條，錄入《小學鉤沉續編》；王仁俊《玉函山房輯佚書續編三種》輯18條，皆來自《倭名類聚抄》二十卷本；龍璋《小學蒐逸》輯185條。我們在此基礎上，〔註4〕搜輯各文獻中記載《文字集略》的

〔註2〕文中所提《文選》注皆為唐李善注《文選》。

〔註3〕其中「胡荽，香菜也。」「邏，謂循行非違也。」兩條不見於其他古籍引文，故不知其出處。「胡荽」條中的「荽」，謝啟昆作「葰」，群檢古籍，暫未查到此字形。又據《慧琳音義》「胡荽」條：下音雖，香菜名，也作葰（荽），傳作葰，書錯也。《小學考》中「葰」形或受葰形影響。

〔註4〕按成書先後順序排列。

條目加以匯總，製表如下：

表一

文 獻 [註5]	條	種	文 獻	條	種	文 獻	條	種
《文選注》	14	8	《廣韻》	9	9	《正字通》	1	1
《晉書音義》	3	3	《集韻》	8	8	《方言箋疏》	1	1
《玄應音義》	4	4	《希麟音義》	15	14	《孟子正義》	1	1
《慧琳音義》	216	161	《洪武正韻》	1	1	《古今韻會舉要》	2	2
《倭名類聚抄》	113	45	《本草綱目》	1	1	《札樸》	1	1
《藝文類聚》	1	1	《剡溪漫筆》	1	1	《禮說》	1	1
《經典釋文》	5	5	《雨航雜錄》	1	1	《小學考》	2	2
《毛詩注疏》	2	2	《天中記》	1	1	《說文通訓定聲》	1	1

二、《文字集略》體例與內容

據佚文可見，《文字集略》是一部以訓釋單音詞為主，間釋少許複音詞的字書。體例上，《文字集略》以釋義為主，兼及析形和注音。其收詞範圍廣泛，名詞占大多數，包括動植物、疾病、人體部位等；亦有表示手部動作的動詞，表示情緒狀態的形容詞。

（一）標明字形

《文字集略》收錄標明所釋字的異體。下以《慧琳音義》為例：

表二

例 字	《慧琳音義》引《文字集略》
霑	作沾，略也。《慧琳音義》卷三《大般若經》第三百四十一卷
螫	作蛋，亦云痛也。《慧琳音義》卷六十六《阿毗達磨法蘊足論》第九卷
髫	從周作鬠，小兒髮也。《慧琳音義》卷八十九《高僧傳》第一卷髫𣎴
礙	作㝵，并俗字也。《慧琳音義》卷五十四《佛說食施獲五福報經》躓礙

「霑」，《慧琳音義》中《韓詩》《考聲》《說文》皆從「雨」作「霑」。沾，本為水名，唐時「沾」「霑」並用。《干祿字書》：霑沾，上通下正。

「螫」，《慧琳音義》中《毛詩》《說文》從「赦」作「螫」。《慧琳音義》卷六十六《阿毗達磨法蘊足論》第九卷：蛆螫，下聲亦反，《毛詩》云：自求辛螫

[註5] 數種文獻對同一詞目的記載算為數條，1種。

也。《說文》云：蟲行毒也，從蟲赦聲。赦音舍。

「鬠」，《慧琳音義》中《文字典略》從「髟」作「齠」，「齠」為「鬠」之俗字。《慧琳音義》卷六十二《根本毗奈耶雜事律》第二十六卷：「律文從齒作齠，俗字也。」

「礙」，據《慧琳音義》載，「礙」，躓礙，《博雅》作閡，《韻略》作硋，《文字集略》作导。據此，後世多以為「导」與「礙」同。《資治通鑒‧陳宣帝太建十四年》：九月，丙午，設無导大會於太極殿。胡三省注：导，與礙同，釋氏書也。《集韻‧代韻》：礙硋导，牛代切，《說文》：止也。或從亥。《南史》引《浮屠書》作导。《字彙》：导，同礙。

（二）注　音

《文字集略》注音的方式有三種：直音、反切、從某某聲。略如下表三所示：

表三

注音方式	例　證		
直音	喬，阮孝緒音橋。	鬠，亦作鰶，音祭，又音制。	霈，大雨也。音沛。
反切	岐，音古開反。	煩攔，猶捼莏也，捼音奴禾反，莏音素禾反。	逮，音為徒耐反。
從某某聲	嚫，施也。從口親聲。	揀，擇也。從手柬聲也。	罐，汲水器也。從缶雚聲。

1. 直　音

喬，阮孝緒音橋。（《經典釋文》卷三十喬）

鬠，亦作鰶，音祭，又音制。（《小學蒐逸》）

霈《文字集略》云：霈，大雨也。音沛。（《倭名類聚抄》二十卷本
卷一天部雲雨類第二霈）

2. 反　切

驕，戶橋反，阮孝緒于密反，顧野王餘橋反。（《毛詩注疏》附釋音
毛詩注疏卷第二十）

暐，亦作煒，于鬼反。《晉書音義》載記十。（《小學鉤沉》《黃氏逸
書考》）

逮《文字集略》音為徒耐反。皆相及貌也。(《慧琳音義》卷四《大

般若波羅蜜多經》第四百一卷逮得〔註6〕)

3. 從某某聲〔註7〕

嚫《文字集略》云：嚫，施也。從口親聲。(《慧琳音義》卷四十四

《般泥洹後灌臘經》達嚫)

揀〔註8〕《文字集略》：揀，擇也。從手柬聲也。(《慧琳音義》卷四

十一《大乘理趣六波羅蜜多經》第一卷不揀)

罐《文字集略》云：汲水器也。從缶雚聲。(《慧琳音義》卷六十二

《根本毗奈耶雜事律》第六卷澡罐)

(三) 釋　義

《文字集略》的訓釋方式主要有直訓和義界。〔註9〕其中，直訓較少，絕大
多數條目採用義界的方式進行訓釋。

1. 直　訓

如：

兼，并也。(《慧琳音義》卷二十一《賢首菩薩品上》兼利)

頓，損也。(《慧琳音義》卷二十一《十無盡藏品》莞独嬴頓)

嚫，施也。(《慧琳音義》卷四十四《般泥洹後灌臘經》達嚫)

篋，箱類也。(《慧琳音義》卷四《大般若波羅蜜多經》第四百八卷寶篋)

獽，戎屬也。(《慧琳音義》卷九十四《續高僧傳》第二十七卷獽三百)

鱓，鯉屬也。(《倭名類聚抄八》)〔註10〕

2. 義　界

如：

〔註6〕獅谷白蓮社刻本作「逯」。
〔註7〕「從某某聲」尚不確定是《文字集略》原文就有，還是慧琳所標注，有待進一步考證。
〔註8〕徐時儀師《一切經音義三種校本合刊》作「不棟」。
〔註9〕王寧(1996，59～63)在總結章黃學術以及陸說的基礎上提出更為細緻的訓釋分類，
　　　將訓釋方式分為兩種：直訓和義界，其下又有細分。徐時儀師(1997)認為義界釋
　　　義與以單詞釋義的區別在於前者旨在析異，後者旨在求同；前者用描述的方式，後
　　　者直訓。
〔註10〕見於《小學鉤沉續編》卷四。

　　湮，沈于地下。（《慧琳音義》卷八十二《西域記》第四卷湮滅）

　　腔，穿垣。（《重修廣韻》卷四）

　　沌，水出江夏入江。《晉書音義》中引《文字集略》。（《經籍纂詁》卷四十七上聲）

　　籍，明戶之書，古以牒，今黃帋。（《倭名類聚抄》二十卷本卷十三調度部文書具第一百七十三戶籍）

　　不方正曰邪。（《慧琳音義》卷四十九《廣百論本一卷》燎邪宗）

　　頗，猶可也。（《慧琳音義》卷一《大般若波羅蜜多經》第四卷頗能）

　　除直訓外，《文字集略》釋義多採用義界，尤其是定義式義界。不管是前代的《說文解字》，還是同時代的《玉篇》，皆多採用定義式義界，這種訓釋方式能不受語境的影響，直截了當，也為現代辭書所繼承。

　　《文字集略》不僅訓釋方式承襲前代辭書，釋義內容也多傳承。如在《說文解字》《方言》《爾雅》等基礎上，《文字集略》釋義更加詳細，使得被釋詞更容易理解。其釋義來源於前代辭書的有：

　　《文字集略》：兼，并也。（《慧琳音義》卷二十一《賢首菩薩品上》兼利）

　檢《說文·秝部》：「兼，并也。」

　　《文字集略》：豔，美色也。（《慧琳音義》卷十七《如幻三昧經上卷》姿豔）

　檢《方言》：「美色為豔。」

　　《文字集略》：騗，躍上馬也。（《慧琳音義》卷二十四《度世經》第六卷騗䮚（象））

　檢《纂文》：謂躍上馬也。

　　《文字集略》：櫓，城上守禦者露，無覆屋也。（《慧琳音義》卷三十三《佛說未曾有經一卷》樓櫓）

　檢《釋名·釋宮室》：「櫓，露也。露上無屋覆也。」

　　《文字集略》：鏃，鏑也，矢金也。（《慧琳音義》卷三十八《蘗嚕拏王咒法經》無鏃箭）

　檢《廣雅·釋器》：鏃，鏑也。

以上舉例中，最後兩條釋「櫓」和「鏃」更加直白易懂，對於前代辭書既有繼承，又有發展。

三、《文字集略》和《字略》

古人引用古籍時多用簡稱。〔註11〕《一切經音義》中的簡稱也不在少數，如將《說文解字》簡稱《說文》等。我們在遍輯《一切經音義》中《文字集略》內容時，發現《一切經音義》中《文字集略》和《字略》並存，關於《字略》是否就是《文字集略》，學界有不同看法。〔註12〕

一些學者認為《文字集略》和《字略》為一書，《字略》是《文字集略》的簡稱。馬國翰收錄《文字集略》內容時，於若干條下標其來源為「某某引《字略》」，且未另收《字略》一書，顯然馬國翰直接將《文字集略》簡稱為《字略》。姚永銘（2004，184）認為《字略》是《文字集略》的簡稱，作者為阮孝緒。孫猛（2015，440）也持此觀點：「輯本所據諸書，或稱《文字集略》，或稱《字略》，或稱「阮孝緒曰」，蓋一書也。」

早在乾隆時期，謝啟昆（2015，243）就分別收錄《文字集略》和《字略》，並加按語：《字略》與梁阮孝緒《文字集略》不同。《小學考》雖收錄兩書，但只有《文字集略》下有輯佚條目。《小學鉤沉》《小學鉤沉續編》《玉函山房輯佚書續編三種》《小學蒐逸》也將《文字集略》《字略》分別收錄。

考其他文獻中亦有關於《字略》一書的記載，作者為北齊宋世良。如《北齊書·循吏列傳》：「世良強學，好屬文，撰《字略》五篇、《宋氏別錄》十卷，與弟世軌俱有孝友之譽。」《冊府元龜》：「北齊宋世良強學好屬文，撰《字略》五篇，位至東郡太守。」《玉海》卷第四十四藝文：「宋世良撰《字略》五篇。」《續修四庫全書總目提要》：「世良強學，善屬文，撰《字略》五篇。今《隋志》及《兩唐志》皆不錄，蓋其佚亡已久。」《提要》後列數條《小學鉤沉》《小學鉤沉續編》所輯的《字略》佚文，共 19 條。《國史經籍志》卷二經類：「《文字

〔註11〕如揚雄《輶軒使者絕代語釋別國方言》簡稱《方言》，《南宗頓教最上大乘摩訶般若波羅蜜經六祖惠能大師於韶州大梵寺施法壇經》簡稱《壇經》，《聊齋志異》簡稱為《聊齋》等。

〔註12〕潘牧天《宋世良〈字略〉考論——以〈一切經音義〉引文為中心》根據《北史·宋世良傳》《北齊書·宋世良傳》《冊府元龜》《清史稿·藝文一》《皇朝續文獻通考》對宋世良《字略》以及阮孝緒《文字集略》的記載，加之兩書釋文比勘，推斷兩書不同。本文在此基礎上進一步說明，提供更詳實的證據。

集略》六卷，梁阮孝緒。……宋世良《字略》一卷。」《清續文獻通考》卷二百七十一經籍考十五：「阮孝緒《文字集略》一卷，宋世良《字略》一卷。」

　　宋世良為北魏西河介休人，歷仕北魏、東魏、北齊。〔註13〕北魏、東魏、北齊和南梁在時間上有交叉，僅憑兩作者出生先後來判斷兩書成書孰早容易失準，為數不多同時收錄兩書的文獻中，上文所引《國史經籍志》《清續文獻通考》皆將《文字集略》置於《字略》之前，在沒找到更多關於兩書成書時間的記載之前，暫且認為《文字集略》在先，《字略》在後。

　　本文從佛經音義、《文選》注、清代輯佚書中輯得《字略》詞條 21 種，其中，兩書共有條目 8 種，包括單音節詞 7 種，雙音節詞 1 種，見下表四：

　　表四

	《文字集略》	《字略》
騗	躍上馬也。	躍上馬也。
靬	從印作靬。	不朽曰殭。物堅曰靬也。
港	水別流也。	水分流也。
臉	臉，目外皮也。	眼／目外皮也。
罜	罜，網礙也。	作罜。／罜謂網礙也。
鈿	鈿，金花也。／金鈿，婦人首飾也。	鈿，金花也。
悇	驚異也。 悇，歎恨也。 悇，驚異歎恨也。 悇，驚怛歎恨也。 悇，謂驚惕悇歎也，悇恨也。	悇，嘆／歎，驚異也。
煩攌	煩攌，猶捹挐／捹莎也。	煩攌，猶捹莎也。

　　上表中，除了「騗」，其他詞條在兩書中的解釋皆有所不同。「靬」，《文字集略》列字形，《字略》有釋義。「港」，《文字集略》釋為「水別流也」，《字略》用「分」不用「別」。「臉」，《文字集略》釋為「目外皮也」，《字略》有「眼」「目」兩種表達。〔註14〕「罜」，兩書釋義同，不同的是《字略》另列字形。

〔註13〕潘牧天《宋世良〈字略〉考論——以〈一切經音義〉引文為中心》，載《佛經音義研究——第二屆佛經音義研究國際學術研討會論文集》，鳳凰出版社，2011 年，第334 頁。

〔註14〕「眼」和「目」存在歷時替換，汪維輝（2017，23～31）認為至遲到漢末「眼」已在口語中替代「目」，六朝後期在文學語言中這種替代也已完成。《字略》作者宋世良為北魏人，《文字集略》作者阮孝緒為南梁人，「眼」已在口語中替代「目」，但

「鈿」，兩書釋義同，但《文字集略》還釋「金鈿」之義。「煩撊」為雙音詞，《札樸》《經典釋文》認為其為《文字集略》內容，《小學鉤沉》《小學蒐逸》兩個輯本將其歸入《字略》內容。據潘牧天考，《字略》專收單音節詞。那麼「煩撊」條極有可能只屬於《文字集略》，清輯本誤收入《字略》中。看起來差異比較大的是兩書對「悗」的解釋。《文字集略》有五種解釋，《字略》釋為「嘆／歎，驚異也。」兩書對「悗」的解釋重點都放在「驚」和「歎」上，不同的是，《文字集略》所釋含有「恨」義。

由以上 8 種條目的比較，加之《小學考》《小學鉤沉》《小學鉤沉續編》《玉函山房輯佚書續編三種》《小學蒐逸》等書分別收錄，可知《文字集略》《字略》為兩書。

四、《文字集略》的學術價值

《文字集略》反映了南梁時期語言的使用情況，為後來的漢語語言研究之後各時期的辭書編寫提供資料。我們從語言研究、辭書研究和文化研究三方面論述其價值。〔註15〕

（一）語言研究價值

南北朝時期處在上承秦漢，下啟唐宋的過渡階段，《文字集略》反映的是南朝時期的語言使用情況，其收錄了大量異體字、俗字、古今字，既承襲了前代的用法，又為後世的漢字研究提供材料和思路。而不同時期的字書對於同一字的解釋用字不同，更是反映了語言的發展演變。如：

> 《文字集略》：湮，沈于地下。（《慧琳音義》卷八十二《西域記》第四
>
> 卷湮滅）

按：「湮」本義為「沉沒」。《說文·水部》：「湮，沒也。从水，从垔。」《國語·周語下》：「絕後無主，湮替隸圉。」《史記·禮書第一》：「仲尼沒後，受業之徒沉湮而不舉。」《說文解字》用「沒」解釋「湮」，《文字集略》用「沈」，可以為表「沉沒」語義的用詞變化提供佐證。

《字略》有「眼」「目」兩種表達，說明此時「目」還沒有完全被「眼」替代，南梁《文字集略》全用「目」字，與「眼」替代「目」的大勢相左，這可能與作者的用字習慣有關。

〔註15〕此處略呈兩例，後將撰專文探究其價值。

　　　　《文字集略》：嚬者，蹙眉也。（《慧琳音義》卷一六《波羅蜜多經》第

　　四卷嚬蹙）

　　按：嚬，又作顰，蹙與蹴同。嚬蹙，指憂愁思慮不樂的樣子。《大般若波羅

蜜多經》卷一：「顧野王曰：嚬蹙者，憂愁思慮不樂之貌也。《考聲》云：蹙咨，

忸怩也。《說文》：涉水則嚬蹙。古文作顰，亦作矉，今從省略。下蹙字，或作

蹴，亦同。古文作臅，經文作蹴，非本字，訓為窮也，迫也，罪也，急也。」

《文字集略》單釋「嚬」，有助於區分「嚬」「蹙」，深入理解「嚬蹙」的詞義。

（二）辭書研究價值

　　《文字集略》釋義更通俗詳細，唐宋後的辭書多承繼《文字集略》的訓釋，

現代辭書的釋義編排、書證羅列可借鑒。

　　　　《文字集略》：耿，憂也，志不安也。從耳。（《慧琳音義》卷八十二

　　《西域記》第三卷悲耿）

　　按：《漢語大字典》和《漢語大詞典》皆收「耿」的「悲傷」義，引宋代韻

書《增韻》以證其義，或可補《文字集略》作為書證之一。

　　　　《文字集略》：氣結為癖。（《慧琳音義》卷三十八《佛說大孔雀五咒經》

　　上卷疢癖）

　　按：《漢語大字典》釋「癖」為「潛匿在兩肋間的積塊」，引《玉篇・广部》：

癖，食不消。《廣韻・昔韻》：癖，腹病。此條解釋結合《文字集略》的釋義，

有裨於理解「癖」為「脹氣，食物積聚腹中」之義。

　　此外，上文提到的訓釋方式對現代辭書釋義也可供參考。

（三）文化研究價值

　　《文字集略》的訓釋反映了當時的文化，從中可略窺相關文化的發展演變

過程。如：

　　　　《文字集略》曰：漏刻謂以筒受水刻節，晝夜百刻。（《慧琳音義》

　　卷二十三《入法界品之八》漏刻）

　　按：漏刻是古代的一種計時方式，也稱刻漏，體現古人的時間觀念，先秦

似已使用。如《六韜・犬韜》：「其大將先定戰地戰日，然後移檄書與諸將吏，

期攻城圍邑，各會其所；明告戰日，漏刻有時。」漢代太初元年漏刻刻度增為

百二十。《漢書・天文志》：「其六月甲子，夏賀良等建言當改元易號，增漏刻。

詔書改建平二年為太初元年，號曰『陳聖劉太平皇帝』，刻漏以百二十為度。」顏師古：「舊漏晝夜共百刻，今增其二十。」（如圖1海昏侯墓出土銅漏〔註16〕）據《文字集略》所釋「漏刻」為「晝夜百刻」，可能南梁時承沿百刻制。此後漏刻制度持續使用。《朱子語類》卷八十六：「何故今中國晝夜有均停時，而冬夏漏刻長短，相去亦不甚遠？」說明宋代仍用漏刻來記錄時間變化。明清時期漏刻的發展愈加完善。（如圖2清代漏刻結構示意圖〔註17〕）根據《文字集略》釋義，我們可以略窺其時計時文化的發展情況。

圖1

圖2

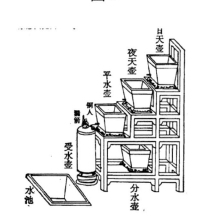

五、結　語

　　南梁阮孝緒所著《文字集略》似有四卷、六卷之分，宋時或已亡佚，散見於佛經音義、文選注等文獻中約240餘條，涉及範圍廣泛，在語言研究、辭書研究、文化研究等方面的皆有重要價值。中華文獻博大精深，還有許多散於域外，我們將竭力輯錄《文字集略》散佚條目，以裨於學界进一步深入研究。

六、參考文獻

1.〔清〕龍璋，《小學蒐逸：外三種·影印本》，國家圖書館出版社，2013年。
2.〔清〕馬國翰，《玉函山房輯佚書》，上海古籍出版社，1990年。
3.〔清〕王仁俊，《玉函山房輯佚書續編三種》，上海古籍出版社，1989年。
4.〔清〕謝啟昆，《小學考》，四川大學出版社，2015年。
5. 徐時儀，《一切經音義三種校本合刊》，上海古籍出版社，2012年。

〔註16〕圖片源於《江西南昌西漢海昏侯劉賀墓出土銅器》，《文物》，2018年第11期。
〔註17〕圖片源於華同旭《中國漏刻》，安徽科學技術出版社，1991年，第117頁。

《文選》五臣音注與《博雅音》的關係
——以一等韻為例[*]

陳小珍[*]

摘　要

　　從一等韻來看,《文選》五臣音注與《博雅音》存在音注完全相同、音注用字不同音同、音注用字不同音亦不同三種對應關係。音注用字不同音同所占比例最大,音注完全相同次之,音注用字不同音亦不同所占比例最小。由此可知語音具有穩定性;五臣音注與《博雅音》讀音大多相同,但亦各有自己的音韻特徵;五臣音注可能沿用了《博雅音》,但也只是部分沿用,而非全部,而且這種沿用與簡單的抄襲不能等同視之,在音讀不變的前提下,直接採用前人音切合乎情理。

關鍵詞:《文選》;五臣注;音注;《博雅音》;關係

一、引　言

　　關於五臣注《文選》,歷代褒貶不一,黃侃(1985:2)不僅批評了五臣注,而且質疑了五臣的音注能力:

　　　　五臣注既譾陋,亦必不能為音,今檢叢舊音,殊無乖繆,而直音反切間用,

　　* 基金項目:國家社科基金一般項目「五臣注《文選》音注整理與音義研究」
　　　 (20BYY127)。這裏的「五臣音注」是指五臣注《文選》正文出現的音注。
　　* 陳小珍,女,福建龍海人,安徽大學文學院中國語言文學博士後流動站,副教授,博士。

又絕類《博雅音》之體，縱命出於五臣，亦必因仍前作。觀其杜撰故實，豈肯涉獵羣書，襲舊為之，寧非甚便。

引文認為五臣必不能作音，即便是五臣音注出於五臣之手，也肯定是因襲前人音注。那麼五臣注会因襲何人音注，又是如何因襲前人的音注，這是我們對《文選》五臣音注進行研究所必須面對和解決的一個重要問題。

《文選》自問世之後，即受到文人學者的青睞，先後有蕭該、曹憲、許淹、李善、公孫羅等為其釋義注音，五臣音注如若因襲前人音注，《文選》這些先行音注當是首選，黃侃（1985：2）亦提及「頃閱余仲林音義，考其舊音，意非五臣所能作，必蕭該、許淹、曹憲、公孫羅、僧道淹之遺。」基於此，拙作（2016：190～195）曾將五臣音注與李善音注、《音決》音注進行對比研究。曹憲是鑽研和講授《文選》的專家，其《文選音義》雖已散佚，但其《博雅音》尚存。黃侃先生亦多次論及五臣音與《博雅音》的關係，因此這裡將五臣注《文選》與《博雅音》進行音注對比，以一等韻為例探討兩者之間的音注關係。

二、兩書音注完全相同

《文選》五臣音注與博雅音共有被注字 220 多個，其中音注完全一致的 72 個，約佔 30%，如下所示：

曚，蒙	畚，本	讟，讀	蘢，籠	睩，祿	顱，盧
傃，素	觚，孤	菰，孤	呱，孤	歿，沒	羖，古
扜，烏	洿，烏	昈，戶	欸，哀	曖，愛	汰，太
腯，突	蹲，存	輼，溫	殫，丹	鴠，旦	戔，殘
葆，保	澡，早	嘈，曹	苛，何	襮，博〔註1〕	簹，當
魠，託	絡，洛	潢，晃	煌，皇	餭，皇	纆，墨
冒，墨	鐙，登	玏，勒	矰，曾	蔀，部	脰，豆
蔞，婁	韝，溝	龕，堪	籟，賴	堊，惡	濛，莫孔
荄，古來	薈，烏外	隤，徒回	怛，丁達	瑰，古回	顝，苦骨
欑，在丸	操，錯高	造，七到	臛〔註2〕，呼各	膗，烏郭	黈，土斗
阪，子侯	瞍，蘇苟	彀，古候	殼，苦候	溘，苦合	匌，苦合
唵，烏感	蹋，徒臘	儋，徒濫	抭，烏老	咢，五各	盎，烏浪

〔註1〕《博雅音》字頭原作「(襮)」。
〔註2〕《博雅音》字頭原作「臛」。

　　五臣音注與《博雅音》之間的一致率不算低，由此可推斷五臣音注的確繼承了前人音注。根據拙作（2016：190～195），五臣音注與李善音注相同率約20%，與《音決》音注相同率約33%，但李善音注、《音決》音注兩者之間的相同率也達到20%，因此我們認為後人在給《文選》注音時多多少少都會繼承前人的音注，這不僅體現在五臣音注中，也體現在李善音注和《音決》音注之中。語音發展演變的速度沒有那麼快，前後上百年間讀音相同的音注肯定存在，在讀音一致的前提下直接採用前人的音注合乎情理。五臣音注與《博雅音》完全一致的音注可能是五臣音注直接採用了《博雅音》，也可能是五臣音注與《博雅音》同時沿用了比曹憲更早的某位先賢的音注。

三、音注形式或音注用字不同但音韻地位相同

　　這類字有107個，所占比例最大，可分為如下幾種情況：

（一）音注形式不同，音韻地位相同

1.《博雅音》用直音，五臣音用反切

矇，蒙／莫同〔註3〕　　　　韝，溝／古侯　　　　秅〔註4〕，妬／丁故

綺，袴／苦故　　　　　　　掍，混／胡本　　　　獺，闥／他葛

菝〔註5〕，拔／步末　　　　燾，悼／徒到　　　　怍，昨／前各

蛤〔註6〕，閤／岡荅　　　　篝，溝／古侯

2.《博雅音》用反切，五臣音用直音

顱，力乎／盧　　　　荄，古來／該　　　　潢，乎光／黃

瞍，蘇茍／叟　　　　彀，古候／構　　　　控，苦貢／空

悰，在宗／琮　　　　葅，子乎／租　　　　瓠，回故／護

縡，子代／載　　　　軑，達蓋／大　　　　賁，布魂／奔

淈，古沒／骨　　　　剸，大丸／團　　　　鴰，古活／括

夥〔註7〕，乎果／禍　　堁，苦臥／課　　　槁〔註8〕，苦老／考

〔註3〕「／」前面為《博雅音》音注，後面為五臣音注，下同。
〔註4〕《博雅音》字頭原作「秅」。
〔註5〕五臣音字頭原作「茇」。
〔註6〕《博雅音》字頭原作「盒」。
〔註7〕《博雅音》字頭原作「夥」。
〔註8〕《博雅音》字頭原作「稿」。

橑，魯好／老　　　　　抗，口葬／亢　　　　　摺，力合／拉

（二）音注用字不同，音韻地位相同

薈，烏繪／烏會　　　　齃，苦沒／苦骨　　　　怛，多達／都割

巑，在丸／在官　　　　操，七高／七刀　　　　戴，土斗／他斗

崦，烏感／於感　　　　哈，呵苔／呼來　　　　坏〔註9〕，片回／普回

磓，對回／都迴　　　　對，徒內／徒對　　　　焠，村對／七內

詼，苦迴／苦回　　　　歕，普頓／普悶　　　　咄，都沒／丁兀

沌，大悃／徒本　　　　噴，浦悶／普悶　　　　混，乎悃／胡本

彈，大汗／大旦　　　　姍，素丹／蘇寒　　　　懦，奴玩／奴亂

撮，錯括／倉括　　　　栝，古末／古活　　　　刓，五丸／五官

糳，大合／徒荅　　　　瞢，莫贈／莫亘　　　　泧，許活／呼活

豁，火活／呼括　　　　躁，子到／祖到　　　　穫，乎郭／胡郭

頑，乎郎／胡岡　　　　鬷，子公／祖洪　　　　妠，奴闇／奴紺

耨，乃后／奴豆　　　　培，步苟／部苟　　　　隥，多鄧／都鄧

濩，乎郭／胡郭　　　　蓯〔註10〕，走公／子公　　　礐〔註11〕，落東／力東

瞰，苦霪／苦濫　　　　撼，乎感／胡感　　　　頷，乎感／胡感

狧〔註12〕，力合／力荅　　續〔註13〕，曠／壙　　　　洹，丸／桓

莞，丸／桓　　　　　　欐，籠／聾　　　　　　頜，閣／蛤

苛，河／何　　　　　　潼，童／同　　　　　　餔，逋／晡

涂，塗／途　　　　　　薹，臺／苔　　　　　　媻，柈／盤

悹，貫／綰

（三）同一音韻地位採用不同音注形式或音注用字的情況不盡相同

1.《博雅音》同一音韻地位採用不同音注形式或音注用字例

隤，大迴、〔註14〕穨／徒回　　　　　粗，才祖、在戶／徂古

〔註9〕《博雅音》字頭原作「培」

〔註10〕《博雅音》字頭原作「篗」。

〔註11〕《博雅音》字頭原作「礭」。

〔註12〕五臣音字頭原作「翋」。

〔註13〕《博雅音》字頭原作「絨」。

〔註14〕頓號表示被注字不只一個音切，因音韻地位相同而將它們放在一起並用頓號隔開，下同。

腜，梅、媒／莫回

2. 五臣音注同一音韻地位採用不同音注形式或音注用字例

造，七到／七報、錯告、千到、操　　頟，烏葛／於達、烏割、遏

摶，大丸／團、徒端、徒丸　　饕，他高／土高、叨、土刀

溚，待合／沓、徒合、徒荅　　慝，土勒／土得、湯得、土德

捋，落末／力活、零括　　斡，意括／烏活、烏括

鍛，都玩／都亂、丁亂　　摹，莫乎／莫胡、莫蒲

荼，塗／徒、途　　婪，來南／力含、魯含

皚，牛哀／五哀、五來　　蓴，祖本／子本、茲損

蓶，丸／桓、胡官〔註15〕　　眈，多含／耽、都南

3. 同一讀音兩書皆採用不只一種音切用字

嵬，牛回、牛迴／五回、五迴

黃侃（1985：2）認為五臣音注「直音反切間用，又絕類《博雅音》之體」。的確，就全體而言，兩書皆直音、反切、聲調間用，但具體到被注字，雖然兩書讀音相同，但有時五臣音用直音，《博雅音》用反切；有時《博雅音》用直音，五臣音用反切。由此可推測，五臣音注如若抄襲，肯定不是全部抄自《博雅音》，否則讀音相同，直接照搬即可，不必更換音注用字，更不用改變音注形式。

如（三）所示，兩書皆出現一音採用多種音切現象，但相形之下，這種現象在五臣音注中尤為明顯。單從一等韻來看，五臣音注出現一音多切的被注字明顯多於《博雅音》，且同一音韻地位所用不同音切的數量也多於《博雅音》。原則上一個讀音只要一個音切，注音者為同一個讀音創造不同音切的做法令人費解。我們傾向於認為出現這種現象一是因為文中音切不是出於一人之手，二是因為文中音切或者部分音切很可能直接沿用了前人所注之音，因為《文選》所輯錄的作品文體不一、時代迥異，注音之人不同，即便讀音一樣，所採用的音注用字也會有所不同。但這種沿用不能與抄襲等同視之，漢字的讀音具有穩定性，在音讀不變的前提下，直接沿用前人音切不失為一種良策。

〔註15〕五臣「胡官切」的被注字原作「灌」。

四、音注不同音韻地位也不同

（一）五臣音同於《廣韻》而異於《博雅音》

錯，采古（清姥）〔註16〕／七故、七路、倉故、千故、措（清暮）

籙，錄（來燭）／鹿（來屋）　　　䑝，奴侯（泥侯）／須（心虞）

堊，烏故（影暮）／惡（影鐸）　　藹，曖（影代）／烏蓋、於害（影泰）

沛，盃妹（幫隊）／貝（幫泰）　　闓，苦每、看每（溪賄）／苦改（溪海）

恫，勑公（徹東）／通（透東）　　杬，五丸（疑桓）／元（疑元）

蟠，步干（並寒）／盤（並桓）　　剌，落末（來末）／力割、力達（來曷）

憾，乎淡（匣闞）／胡暗（匣勘）　陁，大可（定哿）／馳（定歌）

縠，乎谷（匣屋）／呼谷（曉屋）　塿，樓（來侯）／路苟（來厚）

蔀，步古（並姥）／部（並厚）　　坌，普寸（滂慁）／步寸、蒲悶

懣，亡本（微混）／莫本、門本（明混）

庉，徒困（定慁）／徒本（定混）　昆，古本（見混）／昆（見混）

漫，莫旦（明翰）／莫半（明換）　檮，導（定号）／桃（定豪）

旭，忽老（曉晧）／許玉（曉燭）　奧，奧（影号）／於六（影屋）

亢，乎郎（匣唐）／岡、剛（見唐）

蝥，茂（明候）／牟（明尤）

（二）《博雅音》同於《廣韻》而異於五臣音

賨，在宗（從冬）／叢（從東）　　愨，苦角（溪覺）／苦谷（溪屋）

睞，來代（來代）／賴（來泰）　　閡，五代（疑代）／五蓋（疑泰）

磕，苦大（溪泰）／苦代（溪代）　懇，苦很（溪很）／苦本（溪混）

鑮，步各（並鐸）／平碧（並陌）　燥，素皓（心晧）／蘇報（心号）

悾，控（溪送）／孔（溪董）　　　憧，處鐘（昌鍾）／童（定東）

澒，乎孔（匣董）／胡貢（匣送）　溷，乎困（匣慁）／混（匣混）

憚，大汗（定翰）／丁達、丁曷（端曷）

（三）兩書皆異於《廣韻》

懇，苦恨（溪恨）／苦本（溪混）　溢，蒲悶（並慁）／普寸（滂慁）

〔註16〕括號內為音切的中古聲韻地位。下同。

蝹，溫（影魂）／於粉（影吻）　　鵠，古篤（見沃）／胡穀（匣屋）

槾，亡旦（微翰）、亡丸（微桓）／萬（微願）

拔，博末（幫末）／蒲割（並曷）、蒲末（並末）

漫，莫旦（明翰）／莫干（明寒）

值得關注的是這三類讀音雖異於《廣韻》，但大多同於《集韻》，而且有的與《集韻》的反切用字完全一致。如下面三個表格所示：

表一

被注字及廣韻音	博雅音	五臣音	集韻音
坌，蒲悶（並慁）	普寸（滂慁）	步寸、蒲悶（並慁）	普悶（滂慁）
塿，朗斗（來厚）	樓（來侯）	路苟（來厚）	郎侯（來侯）
縠，呼木（曉屋）	乎谷（匣屋）	呼谷（曉屋）	胡谷（匣屋）
䥍，莫浮（明尤）	茂（明候）	牟（明尤）	莫候（明候）
亢，古郎（見唐）	乎郎（匣唐）	岡、剛（見唐）	寒剛（匣唐）
奧，於六（影屋）	奧（影号）	於六（影屋）	於到（影号）
旭，許玉（曉燭）	忽老（曉皓）	許玉（曉燭）	許皓（曉皓）
檮，徒刀（定豪）	導（定号）	桃（定豪）	大到（定号）
漫，莫半（明換）	莫旦（明翰）	莫半（明換）	莫晏（明翰）
蔀，蒲口（並厚）、普后（滂厚）	步古（並姥）	部（並厚）	伴姥（並姥）
堊，烏各（影鐸）	烏故（影暮）	惡（影鐸）	烏故（影暮）
崑，古渾（見混）	古本（見混）	昆（見混）	古本（見混）
庉，徒渾（定混）	徒困（定慁）	徒本（定混）	徒困（定慁）
臑，相俞（心虞）	奴侯（泥侯）	須（心虞）	奴侯（泥侯）

表二

被注字及廣韻音	博雅音	五臣音	集韻音
悾，苦貢（溪送）	控（溪送）	孔（溪董）	苦動（溪董）
憧，尺容（昌鍾）	處鐘（昌鍾）	童（定東）	徒東（定東）
溷，胡困（匣慁）	乎困（匣慁）	混（匣混）	戶袞（匣混）
憚，徒案（定翰）	大汗（定翰）	丁達、丁曷（端曷）	當割（端曷）
燥，蘇老（心皓）	素皓（心皓）	蘇報（心号）	先到（心号）
澒，胡孔（匣董）	乎孔（匣董）	胡貢（匣送）	胡貢（匣送）

表三

被注字及廣韻音	博雅音	五臣音	集韻音
磑，五灰（疑灰）	牛哀（疑咍）	五哀（疑咍）	魚開（疑咍）
陂，彼為（幫支）	必何（幫歌）	波（幫歌）、婆（並歌）	逋禾（幫戈）、蒲波（並歌）
胉〔註17〕，匹各（滂鐸）	布各（幫鐸）	博（幫鐸）	伯各（幫鐸）

　　表一，《博雅音》的讀音異於五臣音及《廣韻》，但同於《集韻》，其中後面四行「堊、靐、莒、庀」的反切與《集韻》完全一致。表二，五臣音異於《博雅音》《廣韻》，但同於《集韻》，其中最後一行「澅」的反切與《集韻》完全一致。表三，五臣音、《博雅音》皆異於《廣韻》而作為又音見錄於《集韻》。

　　《集韻》大量引用《博雅》釋義，而且曹憲所作《博雅音》也無後人修正之說，因此《集韻》沿用《博雅音》的可能性甚高。五臣音注除文中所舉之例外，還有相當一部分讀音不同於《廣韻》而見錄於《集韻》，雖然五臣注早於《集韻》問世，但現行版本要麼是南宋刻本，要麼是明代刻本，且奎章閣本六家注《文選》末尾的引文曾提及五臣注平昌孟氏本「字有訛錯不協今用者皆考五經宋韻以正之」，因此，學界一般傾向於認為現行刊本所錄之五臣音注，尤其是只見於《集韻》的音注和又音，可能是後人根據《集韻》所改。但通過《博雅音》與《集韻》的關係，我們認為只見於《集韻》的音注或又音未必是後人根據《集韻》對五臣音注進行修正，因為這些音注中的一部分既然存在於《博雅音》，就說明早在隋唐之際就有此讀音，那麼出現在五臣音注中也就不足為怪。

五、結　語

　　從一等韻來看，《文選》五臣音注與《博雅音》存在音注完全相同、音注用字或音注形式不同但讀音相同、音注用字不同讀音亦不同三種對應關係。其中，「音注用字或音注形式不同但讀音相同」所占比例最大，「音注完全相同」次之，「音注用字不同讀音亦不同」所占比例最小。經分析這三種情況，得出以下結論：

　　1. 五臣音注與《博雅音》存在一致性，五臣音注極可能沿用了《博雅音》

〔註17〕五臣音注字頭原作「狛」。

的音注，但不是照搬。根據筆者目前的研究，五臣音注與李善音注、《音決》《博雅音》都有一定的相同率，我們不排除五臣音注全部取自前人音注的可能性，但肯定的是五臣音注不是直接抄自某一音義書。五臣音注與前人音注的關係還有待擴大比較範圍，深入探討。

2. 同一音系的音注照理應該一音一切，但是五臣音注中有大量一字多切乃至一字多種音注形式之例。這難免予人五臣音注並非出自一人之手之感，不利於五臣音注「單一性」的設定。通過五臣音注與《博雅音》的比較研究，我們發現一字多切，不只出現於五臣音注，也出現於《博雅音》。《博雅音》的單一性不存在爭議，那麼一音多切是否也不該成為判定五臣音注「單一性」的障礙？

3. 五臣音注有相當一部分讀音及又音不見於《廣韻》而收錄於《集韻》，這些音注，尤其是反切用字與《集韻》完全一致的音注往往被認為是現行五臣注刻本根據《集韻》所改。但通過五臣音注、《博雅音》與《廣韻》《集韻》部分音注的比較，我們認為這種觀點還有待更嚴密的論證。既然不見於《廣韻》而收錄於《集韻》的又音能夠存在於《博雅音》，那麼出現在五臣音注之中也是合理的。即便後人真的根據《集韻》修改了五臣音注，也要釐清哪些音注已經修改，哪些音注保留原貌，不能籠統地把與《集韻》相同的五臣音注都視為後人改動之音注。

六、參考文獻

1. 陳彭年等，《宋本廣韻》，北京市中國書店，1982 年。
2. 陳小珍，《文選》五臣音注與先行音注的關係，《中國言語文化學研究》第 5 號，2016 年。
3. 大島正二，曹憲《博雅音》考：隋代南方字音之一樣相（上）〔補稿〕資料 1．音注總表，《北海道大學文學部紀要》第 33 卷第 1 期，1984 年。
4. 丁度等，《宋本集韻》，上海古籍出版社，2017 年。
5. 丁鋒，《〈博雅音〉音系研究》，北京大學出版社，1995 年。
6. 傅剛，《文選版本研究》，北京大學出版社，2000 年。
7. 高博，正德本《昭明文選》音注研究，長春師範大學，2018 年。
8. 韓丹，陳八郎本《文選》五臣音注探源，《揚州文化研究論叢》第 2 期，2018 年。
9. 黃侃，《文選平點》，上海古籍出版社，1985 年。

10. 李華斌，五臣音注的形態與傳播，《古籍研究》第 69 卷第 1 期，2019 年。

11. 蕭統著、呂向等注，《文選》（東京大學東洋文化研究所所藏漢籍善本全文影像資料庫（http://shanben.ioc.u-tokyo.ac.jp/main_p.php?nu=D7811000&order=rn_no&no=01706）

卷軸本《玉篇》反切上下字拼合等的特徵及結構*

姜永超、黃仁瑄、王博煊*

摘　要

　　卷軸本《玉篇》和《王三》反切上下字語音特徵有諸多相同之處。在等次上，反切上字以三等字為主，一等次之；而且，三等切上字以 A 類為主，B 類和 C 類次之，純三等字最少；反切上下字拼合以一等、三等自切為主，一、二、四等字多用一等切上字，次用三等切上字，三等字少用一、二、四等切上字；同等差異區別明顯，不同等拼合規律差異顯著；不同等的聲母與韻的拼合親疏關係明顯，在整個聲韻系統中，具有鮮明的優選結構。

關鍵字：卷軸本《玉篇》;《王三》；反切上下字等次；優選結構

一、引　言

　　反切是由被切字、反切上字和反切下字三個部分組成，一般認為，被切字

---

* 基金項目：國家社會科學基金重大專案「中、日、韓漢語音義文獻集成與漢語音義學研究」（19ZDA318）。

* 姜永超，男，1980 年生，河南柘城人，博士，副教授，燕山大學文法學院，研究方向是漢語史、電腦輔助語言研究；黃仁瑄，男（苗），1969 年生，貴州思南人，博士，教授，華中科技大學中國語言研究所，研究方向是歷史語言學、漢語音義學；王博煊，女，2000 年生，燕山大學碩士研究生。

與反切上字雙聲、與反切下字疊韻，反切上下字均具有等的特點。陸志韋（1963）在分析了《王三》反切上字聲母存在類隔、反切下字與被切字開合等第不一等內部矛盾後，認為「反切是憑習慣造成的，而習慣又是反映親切的語音直感的，切上、下字的搭配，各選用哪樣的字，滿可以隨處流露出聲母、韻母等概念所不能包括進去的東西。」潘悟雲（2001）從《王三》反切行為中概括出「聲母信息反映而且只反映在反切上字」「韻的信息反映而且只反映在反切下字」「介音信息有時反映在反切上字，有時反映在反切下字，或在上下字同時出現，但至少要反映在其中一個」「介音與韻優先組合原則」「重紐對立的信息或者通過反切上字得到反映，或者通過反切下字的聲母部位得到反映」等五項原則，以及「同一韻目下的字同韻，不同韻目下的字不同韻」「重紐兩類是介音的不同」「《切韻》以一種活的語言作為它的音系基礎」等三項推論。基於三者關係的複雜性，以及認識語音的需要，陸先生認為「不仔細考察切上、下字的用法，非但不能體貼古人為什麼要造那樣的反切，並且不會更深入地瞭解中古語音的實在情況。」目前，針對卷軸本《玉篇》材料，從反切上下字探究語音現象及語音規律的研究較少，基於以上賢學的觀點，本文從等次入手，探究卷軸本《玉篇》反切上下字語音特徵，以及反切上下字聲韻拼合格局。並通過與《王三》比較，深化對兩書語音關係和性質的認識。經研究發現：卷軸本《玉篇》與《王三》在反切上下字聲母、韻尾、介音、開合等方面總體特徵與格局一致，但又有部分趨勢差異。

二、反切上下字等次搭配

（一）卷軸本《玉篇》與《王三》等次比較

陸先生認為「《廣韻》切上下字搭配的局勢已經在《王三》完全形成」。因此，他直接把《王三》中的反切上下字按照字的等次製作了一張搭配總表。如下表一：《王三》反切上下字等次搭配表。

表一 《王三》反切上下字等次搭配表

	反切下一等	二等	四等	三等	共計
反切上一等	799	304	233	30（＋1）	1366（＋1）
二等	5	33	2	9	49

「四」等	22	5	14	7	48
三等	74（＋11）	205（＋6）	42（＋2）	1807（＋5）	2128（＋24）
共計	900（＋11）	547（＋6）	291（＋2）	1853（＋6）	3591（＋25）

我們將上述等次值轉為百分比，如下表二：《王三》反切上下字等次搭配百分比表。

表二　《王三》反切上下字等次搭配百分比表

	反切下一等	二等	四等	三等	共計
反切上一等	88.78%	55.58%	80.07%	1.62%	38.04%
二等	0.56%	6.03%	0.69%	0.49%	1.36%
四等	2.44%	0.91%	4.81%	0.38%	1.34%
三等	8.22%	37.48%	14.43%	97.52%	59.26%
共計	100.00%	100.00%	100.00%	100.00%	100.00%

《王三》反映的語音特徵有：（1）一等和三等反切上下字以自切為主，其中，一等反切上下字自切占 88.78%，三等反切上下字自切占 97.52%。（2）反切上字用二、四等字較少，分別只有 1.36%和 1.34%。（3）二等和四等反切上下字自切較少，而且兩者互切極少，二等和四等反切下字多用一等反切上字，分別為 55.58%和 80.07%。綜上所述，從反切上下字等次搭配可見，《王三》一、二、四等反切下字都有明顯用一等反切上字拼合的趨勢，也有用三等反切上字的情況。但是三等反切下字只有很少一部分用一、二、四等反切上字，因此，三等和一、二、四等對立較為突出。

採用音注比較法，卷軸本《玉篇》反切上下字等次搭配具有如下分布與拼合特徵，見下表三：卷軸本《玉篇》反切上下字等次搭配百分比表。

表三　卷軸本《玉篇》反切上下字等次搭配百分比表

反切上字等頻次	反切下字等頻次					反切下上字等百分比				
	一	二	四	三	共計	一	二	四	三	共計
一	394	119	140	69	722	65.34%	50.64%	59.32%	6.08%	32.68%
二	2	17	3	7	29	0.33%	7.23%	1.27%	0.62%	1.31%
四	15	1	11	11	38	2.49%	0.43%	4.66%	0.97%	1.72%
三	192	98	82	1048	1420	31.84%	41.70%	34.75%	92.33%	64.28%
共計	603	235	236	1135	2209	100.00%	100.00%	100.00%	100.00%	100.00%

卷軸本《玉篇》反映的語音特徵有：（1）一等和三等反切上下字以自切為主，其中，一等反切上下字自切占 65.34%，三等反切上下字自切占 92.33%，結合表一和表二，三等自切，卷軸本《玉篇》與《王三》較為接近，而一等自切，兩者差異略大。（2）反切上字用二、四等字較少，分別只有 1.31% 和 1.72%，結合表一和表二，卷軸本《玉篇》與《王三》幾乎全同。（3）二等和四等反切上下字自切較少，而且兩者互切極少，這一特點在兩書中所占比值幾乎相當，如：《王三》二、四等自切分別為 6.03% 和 4.81%，卷軸本《玉篇》二、四等自切分別為 7.23% 和 4.66%；《王三》二、四等互切分別為 0.69% 和 0.91%，卷軸本《玉篇》二、四等互切為 1.27% 和 0.43%。與《王三》相似，卷軸本《玉篇》一、二、四等都有明顯用一等反切上字的趨勢，同時，卷軸本《玉篇》一、二、四等用三等反切上字的趨勢比《王三》突出，雖然三等以自切為主，但是，卷軸本《玉篇》三等反切下字切一等反切上字的比例略高於《王三》。

綜上所述，二書整體上，以一、三等自切為主，二、四等字很少作為反切上字，一、二、四等多用一等反切上字，同時又用三等反切上字，三等較少用一、二、四等反切上字，一、二、四等與三等有對立趨勢，但不是絕對對立。卷軸本《玉篇》作為總匯眾篇、自然拼讀和語音和諧的結果，在等次上的相同趨勢和語音特徵，說明卷軸本《玉篇》《王三》兩書應該有共同的語音基礎，但兩書在程度上存在一定的差異。卷軸本《玉篇》一、二、四等反切下字與三等反切上字拼合的比重比《王三》高，從卷軸本《玉篇》到《王三》，一等從 31.84% 至 8.22%，二等從 41.70% 至 37.48%，四等從 34.75% 至 14.43%。這種趨勢可能說明中古時期的幾種語音情況：首先，卷軸本《玉篇》唇音仍沒有分化。其次，齒頭音精組和牙音見組洪細之分不明顯。再次，二等下字與三等上字拼合程度高，在於多出舌上知組（19）和正齒莊組（37），牙音（14）、喉音（12）、唇音（10）、齒頭（2），如齒頭音反切「䜘：子雅切」和「䰧：子雅切」被切字均為三等字，而反切下字「雅」為二等字，被切字三等地位是由反切上字「子」確定的，正反映了潘先生「介音信息有時反映在反切上字」的原則。

（二）卷軸本《玉篇》拼合與三等子類關係

為了進一步分析卷軸本《玉篇》三等字子類的使用情況和特徵，深入分析反切上下字等次搭配，將三等字細分為五類，具體為：三等字包括微廢文欣元

嚴凡，該類唇音後來發展出輕唇音。三等 A 類包括戈麻之齊魚虞尤幽陽庚清蒸東鐘，為非八個重紐韻和非純三等韻的其他三等韻。三等 B 類包括支脂祭霄侵鹽真（諄）仙，主要是位於韻圖三等位置的重紐八韻唇牙喉韻。三等 C 類包括包括支脂之祭霄侵鹽真（諄）仙，即是位於韻圖四等位置的重紐八韻唇牙喉韻（含喻母以類的韻）。三等 D 類是重紐八韻的齒音、舌音和舌齒音。卷軸本《玉篇》反切上下字等次與三等字類關係，如下表四：

表四　卷軸本《玉篇》反切上下字等次與三等字類關係

反切上字等	反切下字等								
	一	二	四	三	三 A	三 B	三 C	三 D	總計
一	394	119	140	16	24	11	4	14	722
二	2	17	3		3	1		3	29
四	15	1	11		4	1		6	38
三	2			2	4	2			10
三 A	183	94	77	98	387	117	30	266	1252
三 B		3	1		17	36		19	76
三 C			3		4	2	6	11	26
三 D	7	1	1	1	17	8	1	20	56
總計	603	235	236	117	460	178	41	339	2209

將上述反切等次值按照百分比轉化為表五：卷軸本《玉篇》反切上下字等次與三等字類百分比表。

表五　卷軸本《玉篇》反切上下字等次與三等字類百分比表

反切上字等	反切下字等								
	一	二	四	三	三 A	三 B	三 C	三 D	總計
一	65.34%	50.64%	59.32%	13.68%	5.22%	6.18%	9.76%	4.13%	32.68%
二	0.33%	7.23%	1.27%	0.00%	0.65%	0.56%	0.00%	0.88%	1.31%
四	2.49%	0.43%	4.66%	0.00%	0.87%	0.56%	0.00%	1.77%	1.72%
三	0.33%	0.00%	0.00%	1.71%	0.87%	1.12%	0.00%	0.00%	0.45%
三 A	30.35%	40.00%	32.63%	83.76%	84.13%	65.73%	73.17%	78.47%	56.68%
三 B	0.00%	1.28%	0.42%	0.00%	3.70%	20.22%	0.00%	5.60%	3.44%
三 C	0.00%	0.00%	1.27%	0.00%	0.87%	1.12%	14.63%	3.24%	1.18%
三 D	1.16%	0.43%	0.42%	0.85%	3.70%	4.49%	2.44%	5.90%	2.54%
總計	100.00%	100.00%	100.00%	100.00%	100.00%	100.00%	100.00%	100.00%	100.00%

　　從表五可以看出卷軸本《玉篇》反切上下字等次與三等字類具有如下特點：一、二、三、四等反切下字多與三等 A 類反切上字結合，很少選擇其他類型的三等字。同為三等的 B、C、D 類和輕唇三等也以三等 A 類為反切上字。從改良音切時，要求反切上下字等第一致來看，卷軸本《玉篇》等次具有如下特點：一一式占 65.34%、二二式占 7.23%、三三式 1.71%、三 A 三 A 式 84.13%、三 B 三 B 式 20.22%、三 C 三 C 式 14.63%、三 D 三 D 式 5.90%、四四式 4.66%。可見，除了三等 A 類和一等外，卷軸本《玉篇》反切上下字採用同等次的程度並不高。卷軸本《玉篇》這種處理反切上下字的結果，說明編纂者並沒有全面規範所有同音的反切用字以及上下字之間相一致的語音關係，如：一等切下字用二等切上字的「屖：絮胡反」，其反切下字為一等合口平聲模韻字，按照反切上下字的介音和諧說，其反切上字也應該選擇具有相同介音的字，甚至於同聲調字，卷軸本《玉篇》「屖：《字書》古文㡀字也」，其古文「㡀」在卷軸本《玉篇》中的音切為「㡀：奴胡反」，其反切上字「奴」正好是一等合口平聲模韻字。「屖㡀」同詞異字，一個音切是最完美的形式，一個是存在混切的形式，只能說明這是編纂者樸素語音意識和沒有全面規範的結果。所以，從這個例子來看，卷軸本《玉篇》存在一、二等上下字互切或被切字與反切下字互切的現象，但是不能作為一二等合流的例證。

　　其次，卷軸本《玉篇》反切上下字等組合還具有如下特徵：一二式（50.64%）大於二一式（0.33%）、一四式（59.32%）大於四一式（2.49%）、二四式（1.27%）大於四二式（0.43%）、三 A 一式（30.35%）大於一三 A 式（5.22%）、三 A 二式（40.00%）大於二三 A 式（0.65%）、三 A 四式（32.63%）大於四三 A 式（0.87%）等等。卷軸本《玉篇》反切上下字組合方式上的明顯差異，反映了語音中各音節成分的組合規律與人們主觀感知的拼合習慣，這種大勢應該有音律上的要求與表現，而不是反切改良能夠徹底改變的，江永《音學辨微》云：「音韻有四等：一等洪大，二等次大，三、四等皆細，而四等尤細。」儘管可以從洪音切細音較易、而細音切洪音較不便，來解釋一二四等的組合形式，但是，考慮到三等具有介音，一般認為二等或四等無介音（注，如果將四等介音擬為比三等更細的介音，可以解釋三等 A 類與四等的關係，二等無介音是學界普遍共識），上面涉及到三等 A 類諸的拼合量化結果，好像就不能從洪細來解釋較多與較少的原因了，這還需要做深入的研究，不敢妄下結論。

麥耘（2008）研究認為中古前期，介音作為等區分的標準，而後期的等是前期
介音演變的結果，前後期等的性質不同〔註1〕。那麼就需要從介音分析形式不
同的原因，這也是一條路子。所以，可以預測到即使反切改良較為徹底的《音
韻闡微》、《西儒耳目資》也不可能反切上下字各等完全相同，《韻英》的失傳
是否與人為規範反切上下字等呼完全相同，從而脫離語言事實，也不無可能。

三、卷軸本《玉篇》反切上下字拼合優選模型

前述內容從整體上分析了卷軸本《玉篇》反切上下字聲韻特徵及拼合情況，
基本上可以得出如下結論：卷軸本《玉篇》語音格局及拼合規律與《王三》相
似，但又存在量上的差異。那麼具體到某個韻或者聲怎麼結合，聲母或韻類的
個體反切上下字語音有什麼組合特徵，這就需要採用聚類基礎上的可視化分
析，明確聲韻拼合規律與整體特徵。

確定反切上下字聲韻拼合的模型及選擇層級，有利於認清卷軸本《玉篇》
聲韻組合特徵，具有很強的實踐意義和一定的學術價值。與社會因素分析相
比，確定反切上下字聲韻組合特徵和整個決策過程相對簡單，即，我們只需要
考慮卷軸本《玉篇》所有聲類屬性與所有韻類屬性的相關性，又因為僅為單一
文本資料，所以，也不涉及選擇最優決策方式問題。在實踐中，我們需要運用
電腦輔助技術通過相關性理論分析，在建立決策方陣的基礎上，分析語音屬性
的相似度，採用聚類分析方法優化反切上下字聲韻組合序列，從新的視角，為
聲韻關係研究提供較為合理和科學的分析結果。

如前所述，卷軸本《玉篇》三等 A 類以自切為主，其他三等字多以三等
A 類為切上字。通過可視化聚類所生成的聲韻拼合模型，更詳細和具體地表
明：同為三等 A 類切上字，聲母與韻的拼合模型既有搭配差異又有親疏等級。
根據下圖 1：卷軸本《玉篇》韻類聚類結果圖，非母奉母和敷母三等 A 類的
反切上字聲韻組合優先性具有如下不同親疏等級。

〔註1〕麥耘，論對中古音「等」的一致性構擬，語言研究集刊第 5 輯，上海辭書出版社，
2008 年。

圖 1　卷軸本《玉篇》韻類聚類結果圖

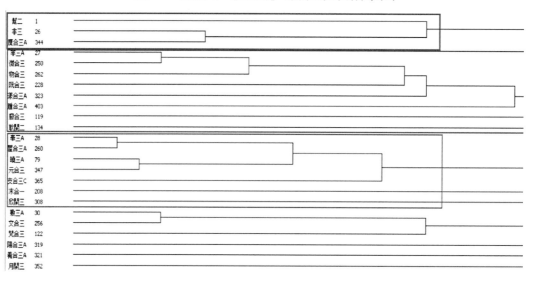

卷軸本《玉篇》聚類模型顯示出：三等 A 類全清非母反切上字，優先與微韻三等合口字拼合，再次與物韻三等合口字結合，順次與阮韻三等合口字拼合，然後才是漾韻三等 A 類和腫韻三等 A 類。三等 A 類次清敷母反切上字，優先與文韻三等字拼合，其次為梵韻三等字，再次與陽韻和養韻三等 A 類字。可見，非母敷母二母三等 A 類字並不是優先與三等 A 類字拼合。三等 A 類全濁奉母切上字，優先與屋韻三等 A 類字拼合，同時，三等 A 類曉母切上字首先與元韻三等字合，元韻三等字首選曉母三等 A 類切上字，次選奉母三等 A 類字。夬韻三等 A 類，並不依三等 A 類非母切上字為首先，而是優選非母三等字，其次為幫母二等字。從整個聲韻配合系統來說，夬韻三等 A 類也與三等 A 類非母切上字拼合，夬韻三等 A 字在非母三等 A 類與微、物等諸韻字拼合之後，才與夬韻三等 A 字發生關係。即綜合考察整個聲韻拼合系統，三等 A 類非母與夬韻三等 A 切下字親疏關係相對其他韻切下字較遠。

卷軸本《玉篇》聲韻拼合特徵，反映了南朝時期語音拼合的規律與特點。儘管，我們已經從整體上分析了兩書在等次上一致性與程度上的差異。但是從整個聲韻系統搭配關係來看，《王三》切韻是否也有類似的聲韻拼合規律，需要我們在陸先生成果的基礎上，通過進一步的量化手段，開展更全面而細緻的分析，才能更深入地揭示卷軸本《玉篇》與《王三》之間的關係。

四、參考文獻

1. 陸志韋，陸志韋集，中國社會科學出版社，2003 年。

2. 潘悟雲，反切行為與反切原則，《中國語文》第 3 期，2001 年。

3. 張渭毅，慧琳上下字異調同韻類的反切及其研究價值，第三屆佛經音義研究國際學術研討會論文集，2015 年。

4. 麥耘，論對中古音「等」的一致性構擬，語言研究集刊第 5 輯，上海辭書出版社，2008 年。

《新修玉篇》《四聲篇海》所見之《古龍龕》及其價值*

張 義*

摘 要

　　《新修玉篇》《四聲篇海》轉錄《類玉篇海》所收之《古龍龕》與今傳本存在較大差異。這些差異反映出今傳本在傳承過程中出現過較大改易。《古龍龕》對於校訂今傳本，釐清古代字書收字來源，判定今傳本版本譜系等方面有著獨特的價值。

關鍵詞：新修玉篇；四聲篇海；古龍龕

　　《新修累音引證群籍玉篇》（下文簡稱《新修玉篇》）、《改併五音類聚四聲篇》下文簡稱《四聲篇海》）均為廣採諸家篇韻編撰而成的字書，其收字來源是金大定甲申年（1164 年）王太、祕祥等人合編的《類玉篇海》。《類玉篇海》收字由《玉篇》《省篇韻》《塌本篇韻》《余文》《龍龕》《龕玉字海》《會玉川篇》《奚韻》和《類篇》等九部文獻構成。其中《龍龕》當為遼行均所編之《龍龕手鏡》。來源於這部文獻的字頭在《新修玉篇》《四聲篇海》中保存各約萬餘字，其中《新修玉篇》卷端之舊字號樣明確標註為《古龍龕》。《新修玉篇》

---

　　* 基金項目：安徽省哲學社會科學規劃項目「《四聲篇海》整理與研究」
　　　（AHSKY2016D119）。
　　* 張義，男，1978 年生，湖北仙桃人，博士，副教授，淮北師範大學文學院，研究方向為漢語史、數字人文。

《四聲篇海》轉錄《類玉篇海》所收之《龍龕》（下文徑稱《古龍龕》）與今傳本存在不少差異，這些差異反映出今傳本在傳承過程中出現過較大改易。《古龍龕》對於校訂今傳本，釐清古代字書收字來源，判定今傳本版本譜系等方面有著很高的價值。

《新修玉篇》《四聲篇海》在轉錄《類玉篇海》時，分別都存在一些訛誤、改易或者釋文減省的情況。如「視」，今傳本《龍龕》注「斜視也。」其中「斜」《新修玉篇》作「邪」。又如「嘞」，今傳本注「去聲，轉舌呼之。」《新修玉篇》改「去聲」為「呂困切」，《四聲篇海》為「芦困切」，大概是由於「去聲」一讀標音不明，故新造切語表達。再如今傳本「鈎（俗）、鉤（正）」並注「古侯反，鈎抽也，又屈鐵也，又釣屬。」《四聲篇海》「鈎」注「音鉤，義同。」《新修玉篇》甚至徑言「音鉤」。此例實為以正字訓俗字，當為減省釋文的一種手段。基於上述考慮，為了正確判定哪些屬於《古龍龕》與今傳本的差異，哪些屬於後期的改易，我們僅選擇《新修玉篇》《四聲篇海》中釋文完全一樣的字頭與今傳本比較。

一、《古龍龕》版本特點

《古龍龕》與今傳諸本相比較存在不少差異，有收字方面，亦有音釋方面。現分述如下：

（一）存在一些今傳本未收之字

《新修玉篇》《四聲篇海》轉錄之《古龍龕》非全本，我們無從知曉其具體收字多少。但據我們隨機對其中一千字的統計，發現不見於今傳本的多達 70 餘字，如「墊、墰、仦、𠈃、俸、頗、頗、𦣞、𠃬、龘」等，其中還有不少僅見於朝鮮右刊本，如「伉、矒、瞤」等。《新修玉篇》卷末之「龍龕雜部」是該書相對完整收錄《龍龕》字頭的地方，將其與今傳本雜部收字比較，我們發現不少今傳本未收之字，如「𪚥、瓗、𪚩、㝜、蕢、𩑶、𡾰、𩿬、剙」等。當然今傳本雜部中亦有《古龍龕》未收之字。楊正業（2008）將四庫本、高麗本雜部與《古龍龕》雜部比較，發現差異之處竟達 200 餘個。從不完全統計的結果推測，《古龍龕》實際收字應該超出今傳本不少。

（二）較之今傳本，多用直音

《古龍龕》中存在大量直音注音方式，對應的字頭在今傳本多用反切注音。

我們知道《龍龕》的注音以直音法居多，這是它有別於其他辭書的一個鮮明特點，這一點從它引《玉篇》字頭多改直音的做法亦可見一斑。

字頭	今傳本龍龕	古龍龕	字頭	今傳本龍龕	古龍龕
偣	於廉反	音淹	喺	五郎反	音昂
愷	苦罪反，又音壞	傀、壞二音	啘	衣賈、烏嫁、烏革三反	亞、啞、喉三音
娍	先結反	音泄	鬐	莫古反	音母
娍娍	承正反	音成	挊	盧貢反	音弄
穿	徒丁反	音亭	揤	其記反	音忌
眴	強俱反	音渠字	悁	古賢反	音堅
眹	作海反	音宰	懢	盧敢反	音覽
响	許亮反	音向	趪	戶來反	音孩
喵	莫郎反	音忙	轓	許建反	音憲
轗	眉殞、亡盡二反	泯、敏二音	礆	虛撿反	音險
礷	息移反	音斯	魷	直深反	音沉
蟒	戶交、胡刀二反	豪、肴二音	轒	都昆反	音敦
絯	戶轟反	音宏	編	之欲反	音燭
纜	盧暫反	音覽	鬆	息弓反	音松
擘	博厄反	音伯	彊	居兩反	音襁
墊	如延反	音然	擷	胡結反，又席結反	音頁，又虎結切
骵	丁呂反	音注	膹	武粉反	音吻
誕	徒頂反	音挺	遪	苦告反	音靠
闋	胡結反	音頁	秭	將几反	音秭

上表中僅列部分《古龍龕》與今傳本注音方式差異之字頭。這些差異有沒有可能是《類玉篇海》編纂者王太所為呢？我認為不大可能。理由有三：

其一，王太的工作主要在於匯集各種辭書字頭，而不在於審音。《大定甲申重修增廣類玉篇海序》中指出「唯各司一端篇秩衆異，終無統紀，難以撿尋，故索一字有終朝而不能得者。儻能集而為一不亦宜乎？……雖三教經書廣大而一無脫漏，其如積塵之山，納川之海，成其大就，其深靡有遺焉……《玉篇》元數大字二萬二千八百七十二言，又八家篇內增加大字三萬九千三百六十四言」。王太編撰字書的目的主要是因為唐宋以來不同辭書收字各異，各司一端，尋檢起來多有不便，他打算將儒釋道三教辭書所收之字頭匯為一

統。抄本辭書中魯魚亥豕，且多為有音無訓。如果每字還要進行審音辯義，非博窮經籍，難有所得。從《新修玉篇》《四聲篇海》之編撰中所存之大量字頭重收，同音異切累積，甚至音切與訓釋張冠李戴的情況可知其編撰質量堪憂。王太數年之內完成此著，想要大規模改反切為直音，幾乎不太可能。

其二，王太的工作原則為「校其相犯者芟除之，考其當用者收採之」。上述差異，基本上不存在語音差異。改反切為直音，需要經過審慎的語音折合。王太歷乎數載編撰一部六萬餘字的大型辭書，已屬潛精勉志，殫精竭慮。難以解釋，他為何徒耗精力，大篇幅地改易《龍龕》注音方式。而且在《類玉篇海》所引之其他諸部文獻，如《余文》，卻不存在這種大規模改易的情況。最好的解釋就是王太所見之《龍龕》本來如此。

其三，《龍龕》的注音以直音法居多，這是它有別於其他辭書的一個鮮明特點。《龍龕》轉引《玉篇》達 280 餘例，其中《玉篇》中以反切之法注音的字頭在《龍龕》中多為直音。

基於此，我們推斷古本《龍龕》當以直音注音方式為主，今傳本《龍龕》可能經歷過一次較大改易。

（三）較之今傳本，存在不少注音用字差異

字頭	龍龕	古龍龕	字頭	龍龕	古龍龕
裱	直良、知兩二反	直羊直兩二切	晜	而涉反	而洽切
禑	力救反	力又切	彭	万味反	方未切
枲	音橐	音早	摺	都盍反又音塔	都合切又音塔
埪	良亮二音	力羊力樣二切	蹀	魚檢反	魚琰切
鷴	他端反又他門反	他官切又他門切	脹	昌真反	昌貞切
莎	蘇果沙瓦二反	素果沙瓦二切	欻	許戒反又烏云反	許界切又烏玄切
縝	之忍反又丑珍反	之忍切又丑真切	餤	依攄反	於攄切
孃	奴鳥反	奴小切	䫡	蘇感反	先感切
攘	奴鳥反	奴小切	迌	七余反	七居切
師	所類所律二反	所類所出二切	篼	當侯反	丁侯切
哥	居玉反	渠玉切	鮕	音孤	音沽

從上表可見，《古龍龕》注音用字與今傳本頗不相同。我們已經將那些傳抄過程中形似或者音同的用字排除出去了，上表中用字的差異大多數不存在讀音差別。和前文所述之直音與反切注音方式差異大都不存在語音差異一樣，解釋

為王太的改易，是難以理解的。

上表中「縝」，今本《龍龕》音「之忍反，又丑珍反」。「丑珍反」是《廣韻》「縝」之又音所用切語，《新修玉篇》《四聲篇海》轉錄之《古龍龕》均作「丑真切」。《新集藏經音義隨函錄》之「范縝」條注音「丑真、之忍二反」，與《古龍龕》全同。我們知道《龍龕手鏡》乃為輯錄佛家經典音注的佛學詞典，其音釋多從佛經隨文注或者音義書中輯錄。韓小荊（2015）從《可洪音義》中考錄多條《龍龕》轉引而不見於今本《玉篇》的字頭或可作為旁證。因此，我們猜想「縝」字之讀或從《新集藏經音義隨函錄》之「范縝」條轉錄。也就是說《古龍龕》的這些有差異的注音用字或實有所本，亦非為王太改易。

二、《古龍龕》的價值

《新修玉篇》《四聲篇海》轉引的《古龍龕》字頭約一萬二千餘字，約占全書字頭近一半。這些材料有著很高的文獻學及語言學價值。現分述如下：

（一）可作為今本《龍龕》校訂之參考。《龍龕》所錄之字多為佛經俗字，很多有音無訓，難以音義互參，後代傳抄過程中非常容易產生訛錯。加之這些佛經俗字缺少可資參校的其他文獻，這個時候多版本互校就顯得特別重要了。《古龍龕》作為早期版本，可彌補其他校勘方法缺少版本印證的缺憾，其價值不言而喻。茲列數條校勘如下：

（1）褉（俗）　皆八反。正作稭。

按：「正作稭」之「稭」，今傳諸本唯高麗本、朝鮮右刊本作「稭」。「稭」字從「昔」聲，音皆八反甚異。《王仁昫刊謬補缺切韻》黠韻戛小韻有「稭，祭天席。」《新撰字鏡》有「褉，古黠反，祭天席。」「褉」、「稭」音義相配。《四聲篇海》卷第十二示部及《新修玉篇》卷第一示部均作「稭」，與高麗本、朝鮮右刊本同。

（2）詹（俗）　汝占反，正作誦，多言也。

按：「誦」無多言之義，傳世諸本唯高麗本、朝鮮右刊本作「讘」。《原本玉篇殘卷》引《說文》訓「讘讘，多言也。」《廣韻・鹽韻》有「讘，汝鹽切，多言。」《類篇》引《字林》訓「言多不盡。」可知「誦」當為「讘」之誤。《四聲篇海》卷第十五人部第八畫「詹」字訓中亦作「讘」，與高麗本、朝鮮右刊本同。

（3）馺　徒干反，穿也。

按：「馺」字今傳諸本，包括一直被認為最接近遼刻原本的高麗本均作「徒干反」。此切語甚異。鄭賢章（2001）據《說文》《廣韻》推測當為「從干反」，「徒」乃「從」之形似而訛。早稻田大學藏本校者估計也意識到了這個問題，徑改作「昨干反」。《新修玉篇》卷第六又部第七十五及《四聲篇海》卷第十四又部第二十一均作「從干反」，可印證鄭賢章（2001）不誤。

（4）覷　《香嚴》音審，深視兒。《玉篇》眉甚反。

按：「覷」字所引《玉篇》一讀，今傳諸本，包括高麗本均作「眉甚反」，《宋本玉篇》作「尸甚反」，朝鮮右刊本同。鄭賢章（2001）據以核正。《四聲篇海》見部第三十二作「尸甚反」，與《宋本玉篇》同。

（5）壅　旋容反，塞也。又於龍反，壅堨亦障也，塞也。

按：早稻田大學藏本、文淵閣本作「旋容反」，高麗本、續古逸叢書本、光緒壬午年樂道齋本作「族容反」，朝鮮右刊本音「雍」。「旋容反」、「族容反」疑皆有誤。《廣韻》《集韻》皆音「於容切」，辭書未見有「旋容反」、「族容反」之讀。「旋」、「族」二字當為「於」字之形近而訛。《四聲篇海》卷第四土部及《新修玉篇》卷第二土部均作「於容切」，不誤。朝鮮右刊本音「雍」，當為後期改易。朝鮮右刊本編纂者當未能見到古本《龍龕》，然又疑諸本「旋」、「族」二字不當，而徑改為直音。

（6）娿（俗）娿（正）　倉且反，《詩》云三女為娿也，又美女貌。

按：「娿」之注音，傳世諸本唯朝鮮右刊本作「倉旦反」，餘皆音「倉且反」。「倉且反」一讀甚異。《王仁昫刊謬補缺切韻》翰韻下有「娿，倉旦反，三女，或作效、粲。」《廣韻》《集韻》此字皆音「蒼案切」。「倉且反」或為「倉旦反」之形近而訛。《新修玉篇》卷第三女部作「倉旦切」，與朝鮮右刊本同。傳世諸本中將「旦」訛作「且」或「目」之類的情況很多。如「悪」之音徒且反，「囃」之音奴且反，「鴰」之音苦且反，「覷」之音苦目反，「殉」「鴰」之音徂且反等不一而足。這些失誤在《新修玉篇》及《四聲篇海》轉引之《古龍龕》均不誤。

（7）硈　五堅反，硈，孝也。

按：「孝」，今傳諸本唯高麗本、早稻田大學藏本作「考」。《龍龕》「研、研、硈」三字並訓，「研」為正字，然訓作「孝」，甚異。「研」之本義為研磨，後引申出研究考求之義。《洪武正韻》訓「礪也，窮也，究也，《易》曰研諸

慮。」又慧琳《一切經音義》「研覈」條有「上醋堅反，《廣雅》研，熟也。《說文》研，磨也。下諧革反，《漢書》云其審覈之；《說文》云覈考實事也。《文字典說》云凡考事於西窄之處，邀遮其辭，得實覈也。」「研覈」二字並舉，辭書皆有覈考實事之義，故「孝」當為「考」之訛。《新修玉篇》及《四聲篇海》轉引之《古龍龕》均作「考」。

（8）叡，古代反，叡，深堅意，又愚也。

按：今傳本皆以「愚」為訓。「叡」當為「叡」之或體。《玉篇》《廣韻》《集韻》「叡」字皆訓「深堅意也，偶也。」《廣雅・釋詁》有「叡、侑、儷、諧，耦也。」「偶、耦」義同。可知「愚」當為「偶」之訛。《新修玉篇》及《四聲篇海》轉引之《古龍龕》均作「偶」，不誤。

（9）還、還（二俗）、還（正），戶開反，反也，退也，親也，復也。

按：今傳本唯朝鮮本、早稻田大學藏本作「關」，餘皆作「開」。「還」，辭書皆無「戶開反」之讀。《廣韻》訓「戶關切，反也，退也，顧也，復也。」與此訓同。可知「開」當為「關」之訛。又今傳本僅高麗本作「顧」，餘皆作「親」。《新修玉篇》及《四聲篇海》轉引之《古龍龕》均作「関」，不誤。

（10）塼，音端。齊等也。又上聲。又音博。

按：今傳本唯朝鮮本作「轉」，餘皆作「博」。「塼」，《廣韻》收平聲端母多官切與上聲章母旨兗切二讀，無「音博」之讀。《玉篇》亦音旨兗切，與《廣韻》上聲之異讀合。故「博」當從朝鮮本作「轉」。然「轉」音上聲獼韻知母陟兗切，與《廣韻》《玉篇》「塼」之上聲不合。釋文僅言「上聲」，則不知所指，陟兗切與旨兗切皆上聲，疑訓「音博」之前中衍出一又字。朝鮮本及《新修玉篇》轉引之《古龍龕》均訓作「音端，齊等也，又上聲，音轉。」以獼韻知母對應《廣韻》獼韻章母一讀，亦可見五代之時，北方知與章已經混同。

（11）硓（俗）磳（正）　俗果反，碎石，又石瓦反，好雌黃。

按：今傳本唯朝鮮本作「倉果反」，餘皆作「俗果反」。《廣韻》「磳」音倉果反，韻書皆無俗果反一讀。《新修玉篇》及《四聲篇海》轉引之《古龍龕》均作「俗，七果切」，七果切與倉果反音同。疑傳世之本皆脫「七」字，朝鮮本新刊之時發現此處訛錯，又據《廣韻》改作「倉果反」。

（12）宸　音辰，星宇，天子所居。

按：今傳本唯朝鮮本、高麗本作「屋」，餘皆作「星」。「宸」不見於《廣

韻》《集韻》《玉篇》，或為「宸」之訛，其並訓之「寢」，訓中亦言正作「宬」。《廣韻》真韻植鄰切有「宸，屋宇，天子所居。」《玉篇》亦引《說文》訓作屋宇。《新集藏經音義隨函錄》「宸極」條訓「上食真反，屋宇也，天子所居也。」另《龍龕》宀部「宸」字，亦訓作「音臣，屋宇，天子所居。」可見「星」當為「屋」之訛。高麗本「屋」字之形頗似「星」之或體「曐」。《新修玉篇》及《四聲篇海》轉引之《古龍龕》均作「屋」，不訛。

（13）諫　丑知、丑秋二反，相問而不知也。又落代反，誤也。

按：今傳諸本皆作「丑秋反」，然辭書皆無此讀。《方言》第十有「沅澧之間凡相問而不知答曰諫。」《原本玉篇殘卷·言部》注音豬饑、丑利二反。鄭賢章（2013）、劉本才（2019）指出「丑秋反」當為「丑利切」之訛。朝鮮本估計是發現此處訛錯，乾脆刪除了前段注音。《新修玉篇》及《四聲篇海》轉引之《古龍龕》均作「利」，不訛。

（二）可證今本《龍龕》傳入南方宋王朝之後經歷過較大改易

沈括《夢溪筆談》言《龍龕手鏡》乃熙寧年間自虜中傳入漢地，此時已距其成書時間重熙二年約九十餘載。浙西蒲宗孟鏤板刊行之時，或已對其進行過不少增刪改易。證據如下：

其一，為了避免犯書禁而進行改易。契丹與大宋之間存在文化封鎖。契丹書禁甚嚴，傳入中國者，法皆死。故蒲宗孟鏤板之時，非常有意識地刪除了一些與契丹相關的信息，如「重熙二年五月序」等文字，以免在流傳中帶來不必要的麻煩，以致於在沈括看來，後世都不以其為燕人作品。蒲氏的刪改當不僅僅限於剷去著述信息，應當對其內容亦有一些刪改。這一點從「觀其字、音韻、次序皆有理法」之言可見一斑（字當指收字情況，音韻當為音切標註，次序或為字序）。

其二，從某些注音方式及音切用字在《古龍龕》與今傳本之間的差異來看，亦可窺知今傳本改動之一斑。如上文「叔」之音從干反，「諫」之音丑利反，「砈」之音七果反，「敔」之訓偶，皆未見諸今傳本，當為《古龍龕》所特有。又如「畢」字，今傳本音昌玉反，《新修玉篇》該字歸於《玉篇》下，注「《龍龕》又昌欲反」，與今傳本異。再如《新修玉篇》卷第十走部之《切韻》之「趑」字釋文後又以小圓圈標註「《龍龕》又音趣。」然考諸今傳本《龍龕》，此字並未有此讀。

其三，從收字情況來看，的確存在不少《古龍龕》收錄，而今傳本闕失的字頭。據隨機統計以及《新修玉篇》卷末之《龍龕雜部》收字與今傳本比較，可發現大量字頭不見諸於今本《龍龕》，卻見於高麗本或朝鮮右刊本。第一部分已有論述，此不復贅言。

至於遼刻和宋刻本在「雜部」收字上與《古龍龕》存在的差異，還可以有另外一種解釋，那就是金人王太所見之《古龍龕》可能比傳入宋地及高麗的版本要早，畢竟時間差距九十餘載，重刻再版是非常有可能的事情。重刻再版的《龍龕》可能對《古龍龕》某些字的歸部有所調整，遼刻和宋刻本都是重刻之後的再傳本。王太之所以稱《古龍龕》，很可能與金大定年間通行之版本有所差異。

（三）可為判定《龍龕》版本譜系提供參證

今傳本《龍龕》主要可以分為兩大譜系，其一為宋刻本，其傳本主要包括天祿琳琅本、汲古閣本、双鉴楼本、涵芬楼本等，其二為遼刻本，主要有高麗本、朝鮮右刊本以及日本早稻田大學藏本。高麗本乃經藏本，為《高麗藏》所收，此本不避宋人諱，直言《龍龕手鏡》，當為遼本覆刻。高麗當時為遼之屬國，遼國曾於清寧八年（1062 年）、大安元年（1085 年）兩次將《遼藏》賜予高麗。高麗國後又對校《宋藏》《遼藏》刊刻《高麗藏》。高麗本第四卷末書有「羅州牧」，「羅州牧」設於顯宗九年（1084 年），也就是說高麗本最早不過 1084 年，這與《龍龕》傳入宋地時間大致相仿，高麗人雖對校《宋藏》《遼藏》刊刻《高麗藏》，但基本上不可能見到宋刻本。

《古龍龕》與宋刻本一脈存在差異之處基本上都與高麗本、朝鮮右刊本相合。這一點前文已有詳證，此不再贅言。《古龍龕》的存在為判斷高麗本、朝鮮右刊本之源頭實為遼刻本提供了確鑿的證據。

朝鮮右刊本是一個比較獨特的本子，它於朝鮮李朝成宗時（1472 年）刊刻，其第六卷卷端題有《增廣龍龕手鑒》。黎庶昌《日本訪書志》云：「書中每部多有『今增』字樣，則非僧行均原書也。」然根據我們對《新修玉篇》《四聲篇海》轉引《古龍龕》不見於宋刻本一脈，甚至也不見於高麗本的字頭，不少都見於朝鮮右刊本，且音切釋文基本上一致，且標有「新增」。如「礕」字，《四聲篇海》卷第二甲部龍龕引書下收，訓「礕，《龍龕》音辟，增入。」此字今傳諸本

唯朝鮮右刊本有錄，亦標為「今增」。又如「䵎」，《新修玉篇》《四聲篇海》轉引之《古龍龕》有錄訓「莫北切，瞛䵎。」傳世本僅朝鮮右刊本有收，訓同，且亦標明「今增」。再如「仉」，不見於宋刻本一脈，亦不見於高麗本，《四聲篇海》卷第十五人部及《新修玉篇》卷第三人部有錄，皆訓「食針切，信也。」朝鮮右刊本有錄。「䵎」、「仉」二字，極其罕見，在漢傳文獻中，僅《篇海》一系辭書中有錄。朝鮮右刊本是晚起之版本，其書名冠以《增廣龍龕手鑒》，其增廣之字竟多與《古龍龕》相合，那麼其增字之來源如何？我們認為最有可能是朝鮮右刊本刊者以高麗本為底本，又據《高麗藏》增原本不收之字頭。鄭賢章（2004）第四章曾專門指出《龍龕》漏收了不少漢文佛經中，依其收字準則當收之異體俗字。故其內容與宋刻本一脈有異，而多與高麗本同，然字頭又多出高麗本不少。

　　至於《古龍龕》與高麗本不同之處，我們認為一方面屬於高麗本覆刻過程中新產生的訛錯，但是更大的可能是高麗本之祖本已非重熙二年行均初刻之本。畢竟高麗本刊行最早不過 1084 年，已距初版近百年，收入《遼藏》之時再版也是很正常的。而金人王太大定甲申年（1164 年）編撰《類玉篇海》之時所見之《龍龕》，之所以稱《古龍龕》，很可能也是有別於當時通行之《龍龕》。

　　由此可見，《古龍龕》應當是今天能夠見到的最早的最接近行均原版的材料。宋刻本及高麗本都是再版之後的傳本。宋刻本傳入宋地之後有過較大改易。高麗本相對而言更多保留古本面貌。朝鮮右刊本及早稻田大學藏本均是在高麗本基礎上重刻，朝鮮右刊本又據高麗藏有所增字，其所增之字頭多與《古龍龕》合。基於此，我們認為《新修玉篇》《四聲篇海》轉引之《古龍龕》對於判定傳世諸本之譜系有著明顯的功效。

　　（四）可為考證《龍龕》所引之《玉篇》提供依據。

　　《龍龕》徵引《玉篇》多達 288 例，居《龍龕》引書之次。然其音切釋文與今本《大廣益會玉篇》多不相同。陳飛龍（1974）認為此當為行均疏於翻檢，其直音部分多為臆造。

　　《新修玉篇》《四聲篇海》轉引之《古龍龕》於此 280 餘字，基本上沒有標引《玉篇》，但這並不意味著《玉篇》引文乃今傳本所增。這與《類玉篇海》的收字體例有關：每部之內，先列《玉篇》字頭，次再列《余文》，再次之列《龍

龕》。從字書編撰的技術性來看，這是一種不錯的選擇，《余文》主要收錄韻有篇無之字，《玉篇》《余文》二書已將幾乎所有正字收錄，之後的《龍龕》主要收錄《玉篇》《余文》之外的俗字異字。王太等人對於涉引《玉篇》的《龍龕》字頭自然需要核校《玉篇》，《玉篇》有收，則將此字作為重複字頭刪除。如「俱」字，《龍龕》訓「《玉篇》欺既反，俱僜不行也。」此字《玉篇》有錄，音釋皆同，《新修玉篇》《四聲篇海》二書皆置於《玉篇》收錄。又如「畢」字，《玉篇》錄其或體「畢」，訓「恥力切，田器也。」《龍龕》又有「昌欲反」一讀，王太將此讀移入《玉篇》字頭之下，標明「《龍龕》又昌欲切。」此類字頭佔據了《龍龕》所引《玉篇》字頭一半以上。而對於不見諸其所參引《玉篇》之字頭，顯然已經不適合再標引《玉篇》字眼，這樣會與既定體例相衝突。《新修玉篇》《四聲篇海》轉引之《古龍龕》涉引《玉篇》之字頭無《玉篇》標記，當為王太所刪。但是也有遺漏。如「吭、呮、趹、躓、蹓、骷、嚞、奰」等數字仍保留有《玉篇》標記。

《龍龕》所引《玉篇》字頭不見於今本《玉篇》的絕大部分是或體。《龍龕》乃專為訓解佛經之用，無需訓釋的常用字一般不收，多收俗字異體。若以其正字核檢，當能匹配。如「鋆、鋆」二字，有《玉篇》標引，然不見於《玉篇》，然《玉篇》收有其正字「鋆」，音切相合。此類情況又佔了 280 餘字中相當一部分。

還有一些，今本《龍龕》切語與《玉篇》不合，然《古龍龕》卻能相合。如「鈝」，今本《龍龕》注「同鈝，《玉篇》于今反，在呪中。」《玉篇》無此字，但收有其或體「鈝」字，訓「呼今切，出《神呪》。」然切語又不合。《四聲篇海》卷第一金部所引之《龍龕》訓「呼今切，在咒中。」與《玉篇》合。

剩下一部分與《玉篇》不合的可能是《玉篇》版本差異所致。韓小荊（2015）指出在《萬象名義》之後、宋本之前的中晚唐時期，還存在其他版本的《玉篇》，與現存各本多有不同。王正、王安琪（2019）認為《龍龕手鏡》所引《玉篇》應當是一個有大量直音的本子。馮先思（2016）也認為晚唐五代各地存在以《玉篇》為母本，增字改音的辭書，如《西川玉篇》《江西篇》等。《新修玉篇》《四聲篇海》之祖本《類玉篇海》所引之《玉篇》與今本的確存在不少差異。下面僅以數例說明：

字頭	《龍龕》引《玉篇》切語	《新修玉篇》轉引《玉篇》切語	《大廣益會玉篇》切語
鬙	北末反	北末切	必未切
托	他各反	他各切	他落切
坾	直呂反	直呂切	除與切
娀	承正反	承正切	食政切
鳥	都了反	都了切	丁了切
朕	徒濫反	徒濫切	達濫切
旰	古案反	古案切	古旦切
妅	床史反	床史切	事紀切

　　上表中，僅列《龍龕》所引《玉篇》與《大廣益會玉篇玉篇》切語差異之處，這些差異卻與《新修玉篇》之祖本《類玉篇海》所據之《玉篇》相合。此外，《四聲篇海》卷第七在《川篇》之下收有一字有「䄔」，訓「《玉篇》音陽，《香嚴》音易字。」此字今本《玉篇》也不收，《古龍龕》有錄，訓「《玉篇》音陽，《香嚴》丈買反。」這條材料亦可證馮先思（2016）之推斷，《川篇》或為《玉篇》之增字本。《川篇》編者應該見過收有「䄔」字的《玉篇》，而這一版本《玉篇》當亦為《龍龕》《類玉篇海》所據之本。

　　由此可見《龍龕》所引《玉篇》中的直音非為臆造。行均、王太等人均為10至11世紀左右活躍在河北一帶的學者，加之書禁森嚴，他們所見之《玉篇》一致這是很正常的。

（五）可證《康熙字典》等辭書所引之《龍龕》實乃通過《四聲篇海》轉引。

　　《康熙字典》編纂者可能未見《龍龕》全本。《龍龕》成書之後，流佈不廣，多在釋家秘傳，少為儒家關注。宋人大型字書《類篇》未有引用，然明清字書，如《新校經史海篇直音》《精刻海若湯先生校訂音釋五侯鯖字海》《字彙》《正字通》《康熙字典》等或有徵引。從其徵引情況來看，我們認為不是直接從原書引用，而是通過《四聲篇海》或《新修玉篇》所錄之《古龍龕》轉引。理由如下：

　　其一，從釋文方式看，與《古龍龕》同。《龍龕》一般將多個異體俗字並訓，《類玉篇海》採用筆畫編排方式，這樣一來，《龍龕》中匯聚一起的字頭就要分置異處。為了減少篇帙，王太對這些異體俗字往往不再轉錄釋文，而是

直接以正字加以注釋，一般採用「音某義同」。如「黆（俗）黆（正）」二字並訓「呼奚反，黃病色也。《香嚴》又户雞反。」《新修玉篇》《四聲篇海》中俗字「黆」的注釋均為「音黆，義同。」後世辭書《字彙補》《康熙字典》均訓作「同黆」。這一訓釋方式與《古龍龕》同。《康熙字典》標引《龍龕》的字頭有一千三百餘處，其中五百餘處採用這一方式。

其二，繼承《古龍龕》特有字頭。《古龍龕》中有不少字頭不見於宋刻本，然明清辭書中時有徵引。如「礔」字，《四聲篇海》卷第二甲部龍龕引書下收，訓「礔，《龍龕》音辟，增入。」此字今傳本唯朝鮮右刊本有錄，亦標為「今增」。《重刊詳校篇海》《篇海類編》《新刻洪武元韻勘正切字海篇群玉》《新校經史海篇直音》等明代諸字書皆有錄，且訓與《四聲篇海》同，《字彙補》訓「扑益切，音辟，出《龍龕手鑑》。」《康熙字典》轉引作「《字彙補》扑益切，音辟。」朝鮮右刊本近世方被引入，明清之人即便偶能得見，當非遼刻本，只能是《四聲篇海》所轉錄之《古龍龕》。

其三，繼承《古龍龕》與今傳本之差異。《古龍龕》與今傳本龍龕在音註釋文方面存在不少差異，在《康熙字典》中這些差異所涉及到的字頭，其音釋皆不同於今傳本，而與《古龍龕》相合。如「賠」，今傳本訓「胡南反，《音義》作衿。」《康熙字典》注「音含」，與《四聲篇海》《新修玉篇》同。又如「覬」字，今傳諸本皆訛作「苦干、苦目二反。」然《康熙字典》轉引之《龍龕》作「苦干切，又苦旦切」，與《四聲篇海》《新修玉篇》同，不誤。

由此可見，《康熙字典》等明清大型字書所徵引之《龍龕》非直接引用。大型字書收字多務從該廣，《康熙字典》引用《龍龕》字頭有一千三百餘例，可見其撰者對《龍龕》之態度與錢大昕[註1]不同，非不能博引，實乃未見其書。不僅如此，《康熙字典》所徵引之《川篇》《余文》《搜真玉鏡》等皆為轉引文獻。

既然如此，《康熙字典》所轉引之《龍龕》出自何處呢？我們認為當為《四聲篇海》，而非《新修玉篇》。現僅以二例相證：「嗑」，今傳本訓「去聲，轉舌呼之」，無切語，《四聲篇海》《新修玉篇》轉引之時分別新造切語，「芦困切」及「呂困切」。《康熙字典》作「芦困切」，與《四聲篇海》同。又如「趱」字，今傳本與《新修玉篇》轉引皆音「渠役反」，唯《四聲篇海》音「良被切」，就

〔註1〕錢大昕《潛研堂文集》卷二十七《跋龕手鑑》批評說「汙我簡編，指事形聲之法，掃地盡矣。」

連朝鮮右刊本、高麗本亦作「渠役反」。《康熙字典》及明代諸字書皆音「良被切」，與《四聲篇海》同。

（六）具有一定的音韻學價值

《古龍龕》與今傳本比較，存在大量注音方式改易以及切語用字的差別。這些差別中大部分是不存在語音差異的，但是我們依然發現了一些差異。如「煦」，今傳本音「況于反」，《新修玉篇》《四聲篇海》轉引之《古龍龕》皆作「況余切」，「于」為虞韻喻母三等字，「余」為魚韻喻母四等，可證虞魚相混，三四等合流；又如「裱」，今傳本音「直良、知兩二反」，《古龍龕》作「直羊、直兩二切」，「直」是全濁音澄母字，可知知母澄母相混，全濁音清化。再如「踴」今傳本音「丑凶反，又音容」，《古龍龕》作「衝、容二音」，丑凶反音鐘韻徹母，衝字音鍾韻昌母，昌母徹母混，則知系與章系合流。由於《古龍龕》非第一手資料，加之材料缺失，我們沒法一一斷定哪些屬於《古龍龕》原有，哪些屬於今傳本的改易。但是我們依舊可以籠統地說這些差異反映了 10 至 11 世紀之間漢語語音面貌。上述三四等合流、全濁音清化以及知系與章系合流等音變現象即便放在 10 至 11 世紀來看，《古龍龕》的材料也是有價值的。

三、參考文獻

1. 楊正業，《龍龕手鏡》《類篇》古本考〔J〕，辭書研究，2008 年（2）。
2. 韓小荊，試論《可洪音義》所引《玉篇》的文獻學語言學價值〔J〕，中國典籍與文化，2015 年（3）。
3. 鄭賢章，《龍龕手鏡》闕失略論〔J〕，古漢語研究，2001 年（4）。
4. 鄭賢章，《龍龕手鏡》研究〔M〕，長沙：湖南師範大學出版社出版，2004 年。
5. 鄭賢章，《龍龕手鏡》疑難注音釋義箚考〔J〕，古漢語研究，2013 年（2）。
6. 劉本才，中華書局版《龍龕手鏡》音注勘正〔J〕，中國文字研究，2019 年。
7. 王正、王安琪，《龍龕手鏡》引《玉篇》考〔J〕，漢語史研究集刊，2019 年（1）。
8. 陳飛龍，《龍龕手鏡》研究〔M〕，臺北：文史哲出版社，1974 年。
9. 馮先思，《可洪音義》所見五代《玉篇》傳本考〔J〕，古籍研究，2016 年（1）。

從《說文》「一」形構件看字構關係*

張新豔*

摘　要

　　獨立漢字轉化為構件並參構新字的過程，稱為構件化。來源不同的形體因為漢字演變而在某個階段成為同形構件，稱為構件同形化。漢字與構件同形的現象，稱為「字構同形」。漢字構件化與漢字構件同形化均可產生「字構同形」現象，前者是漢字生成能力的體現，後者是漢字形體系統化的結果，一部分緣於漢字構件化，一部分緣於形體演變所致的非構件化形體混同。許慎在《說文》中利用部首統攝部屬字是對漢字生成能力的系統呈現，但許慎對漢字生成能力的呈現並非在純文字學的視域下進行，有時帶有文化視角。我們對《說文》60 個漢字中的「一」形構件的形體來源與構意理據作深入分析，發現《說文》中的「一」形構件屬於非構件化形體混同，與漢字「一」無生成關係。判斷漢字與構件是否有生成關係，要使用形意二重證據，確保漢字與構件在形體與意義上均有親源關係。

關鍵詞：《說文》;「一」形構件；字構同形

　　一個漢字作為形音義的結合體，可以獨立使用，也可以轉化為其他漢字的

＊　基金項目：國家社科基金重大招標項目「中、日、韓漢語音義文獻集成與漢語音義學研究」（19ZDA318）。

＊　張新豔，女，1979 年生，河南大學文學院副教授，語言科學與語言規劃研究所，文學博士，主要研究方向為文字學、訓詁學。聯繫電話 15036009751，郵箱 10010072@vip.henu.edu.cn。

構件，並攜帶相應的本義、引申義或假借義參與新字的構意，是為漢字的構件化。漢字具有生成其他漢字的能力，即漢字的生成能力。漢字構件化是漢字生成能力的一種體現。由於一個漢字作為構件進入新的構形系統時一般並不改變自己的形體，故而會產生「字構同形」的現象，即漢字與構件同形的現象。但反過來我們卻不能說，「字構同形」一定是因漢字構件化而來。因為漢字經歷了複雜的形體演變，原本不同的、毫無關聯的形體有可能在字形演變中混同無別，被當做同形構件。這種非構件化的形體混同或偶合現象與構件化的同形現象都表現為「字構同形」，干擾人們對漢字及其構意的理解。「字構同形」現象存在已久，但學界對其研究卻一直是分散進行的。漢字同源研究以源字構件為觀察對象，分析同一個源字構件所構成的一系列新合體字在意義上的同源關係，重視意義的譜系同源，而較少關注因形變而混同的漢字或構件；與之相反，漢字形體研究主要關注漢字或構件形體上的混同，重視同形構件的歷時溯源，對同構件漢字的意義譜系梳理卻用力較少。形源與義源分開研究的弊端是無法全面掌握漢字系統發展的內在動力，特別是無法深入探索形體數量控制與表意職能擴張之間的互動關係。因此，我們有必要以同形構件為切入口，觀察某一階段「字構同形」現象下所有構件構形與構意的歷史圖景，甄別其中的「形同」或「意合」，梳理同形構件之間的各種關係。本文即是同形構件綜合研究的一個嘗試。我們以《說文》提取的小篆「一」形構件為觀察對象，全面追溯《說文》「一」形構件的歷史源頭，分析「一」形構件與小篆漢字「一」之間的形義關係，探索漢字構件化與非構件化形體混同在構件同形化過程中所起的作用。

一、《說文》「一」部字的形意理據

　　字或者所記錄的詞，既可以有語言義，也可以有文化義。「詞的語言意義，是指以概念義為核心的詞的基本意義及由語言本身因素所形成的派生義」（蘇寶榮 2000：173）。但詞的文化義則是詞在特定的社會文化中獲得的文化內涵，表現「人類社會的各種（物質的、精神的）文化現象」「涉及政治、軍事、經濟、典章制度、文學、藝術、飲食、服飾等諸多方面」（郭迎春 2000：25）。而在釋義的過程中，釋義者還有更多的彈性空間，比如釋義者可以根據語境給出語境下的個人理解，釋義者也可以從語言以外的角度對詞做出符合某種

思想或文化理解的釋義。這個時候,「釋義反映的並不是全民對詞語的共同認識,它所反映的是釋義者的一種政治思想、倫理觀念或者道德準則」(張聯榮 1997:5)。《說文》對包括「一」在內的數目字的釋義,就體現了這樣的文化傾向。「一」是《說文》的第一個字,也是第一個部首。《說文・一部》:「一,惟初太始,道立於一,造分天地,化成萬物。凡一之屬皆從一。」許慎對「一」的釋義,與其他數目字的文化釋義一起構成了《說文》數目字文化系統。《說文》:「二,地之數也」;「三,天地人之道也」;「四,陰數也」;「五,五行也」;「六,《易》之數,陰變於六,正於八」;「七,陽之正也」;「八,別也」;「九,陽之變也」;「十,數之具也」。在這個系統中,表示數目的漢字已經脫離了科學思維對於抽象數字意義的概括,成為一個以天、地、人為關照對象,以陰陽、五行為運行力量、以變化與生成為內在動力的封閉性的宇宙推衍系統。「一」是這個系統推衍的源動力,「一」「造分天地」形成「二」,「二」又生「三」,故得「天、地、人」。我們聯繫《老子・四十二章》中「道生一,一生二,二生三,三生萬物」來理解,不難發現,「一」指的是最初那個有形的宇宙本體。「道生一」,「道」與「一」皆宇宙本源,「道」無形而「一」有形。

　　《說文》對數目字的文化釋義在當時有其社會文化作支撐,人們理解起來並不費力,也不會因此而忘記這些數目字表達抽象數字的語言功能。但問題是,對字或詞做出文化說解並不是一種貫穿《說文》始終的統一行為,而是局部現象。對於那些做了部首的數目字,其文化釋義如何與部內所轄的部屬字在釋義上保持一致性,體現部首與部屬字之間的意義關聯呢?許慎表達漢字生成性的最經典文案就是部首統攝部屬字,部首不僅參構了新的漢字而且攜帶意義信息參與新字的構意。《說文》「凡某之屬皆從某」中的「某」同時具有構形與構意功能。由此而觀之,《說文》「一」部字的釋義必須與部首「一」有構形構意上的生成關係,否則就違背了《說文》設置文字學部首的初衷。

　　《說文》「一」部共收「元」「天」「丕」「吏」4字。《說文・一部》:「元,始也。從一從兀。」「天,顛也,至高無上。從一、大。」「丕,大也。從一不聲。」「吏,治人者也。從一從史,史亦聲。」從今天古文字研究的成果看,上述4字中的「一」其實與漢字「一」無關。「元」中的「一」是後加的飾筆(與「兀」分化),「天」中的「一」是人頭部形體線條化的結果,「丕」中的「一」是下部贅餘點畫的線條化(與「不」分化),「吏」中的「一」是古文字形 (《盂

鼎》）中「﹀」的平直化（李學勤 2012：1〜2）。總體來講，上述 4 字中的構件「一」是漢字形體線條化與漢字分化的結果。

　　既然構件「一」與漢字「一」無關，自然也無法將漢字「一」的意義信息帶入。但在《說文》小篆系統中，小篆「元」「天」「丕」「吏」4 字中「一」形構件與漢字「一」已經同形，儘管它們在形體源頭上並無關聯，但許慎通過文化釋義將漢字「一」與所轄 4 字系聯起來，使之產生了構意上的生成性，從而達到理據重構，實現《說文》所追求的釋義系統性。如前所述，「一」在《說文》中指宇宙的初始樣態。「一」字，形至簡，意至奧，故而許慎將它作為漢字生成的起首。許慎或許不清楚「元」「天」「丕」「吏」4 字中「一」形構件的來歷，但依靠漢字「一」的初始義，將 4 字的意義統攝起來。正如萬獻初所言，「《說文》『一部』統領『元、天、丕、吏』四字，以天地萬物同一的『一』為本原，進而到以人首表一切開端的『元』，再到人首之上那至高之『天』，再到萬物起源根蒂之『丕』，最後到人事治理之『吏』。天、地、人事統括其中，條理清晰（萬獻初 2014：110）」。由此可見，《說文》中漢字「一」與所轄 4 字之間的形義生成性，是許慎依靠字的文化闡釋賦予的，它適應了當時人們對字義的文化理解，但從本質上來講，這不是漢字「一」的構件化，不是本身生成能力的體現，而是許慎立足小篆字形對漢字「一」生成能力的文化再解讀。

二、《說文》「一」形構件的形意複雜性

　　《說文》「一」部字依靠文化釋義的理據重構實現了對漢字生成能力的闡釋，但《說文》包含「一」形構件之字頗多，非限於「一」部 4 字之局限。我們突破《說文》「一」部字的視域，將目光投向全書，發現許慎在 60 個漢字中析出了「一」形構件。這 60 個漢字分別是：元、天、丕、吏、士、正、干、寸、百、卂、亐、屮、宀、兩、丘、兀、后、巛、不、至、乍、七、丙、辛、屯、葬、十、音、聿、寽、甘、亏、丹、亼、本、朱、末、才、之、乑、毛、日、且、韭、宜、曰、易、馬、夫、立、涇、雨、氐、戈、或、匸、二、与、且、戌。析出「一」形構件的方式有三種，第一種是使用「从」這個析形術語，如「寸：从又，从一」；「屮：从一橫貫」；「兀：从一在人上」等。第二種是使用「聲」這個析形術語，如「聿：从聿，一聲」；「寽：从受，一聲」等。第三種則不使用任何術語，而是在字形解析中透露構件信息，如「甘：从口

含一」;「且:從日見一上」等。

(一) 形體來源

從形體來源看,這 60 個漢字中的「一」形構件主要來源有二:「承自本形」與「源自他形」。

所謂「承自本形」,即某字中的構件「一」在小篆之前的古文字中已經存在。屬於「承自本形」的有 31 字,分別是:元、丕、丘、氐、寸、百、亐、兩、至、七、丙、葬、聿、甘、亼、才、之、毛、韭、宜、曰、易、后、夫、立、雨、或、匚、二、且、不。上述諸字中的構件「一」出現或早或晚,早的殷商時已見(此類最多,如「丘、百、亐、至、七、甘、才、之、毛、宜、易、夫、立」皆是),而有的春秋戰國才出現(如:丙、聿),更晚的,只見於小篆(如:匚)。有的是字形固有的,在字形的初期便已存在(如:雨、二、且、不),有的是後加的,屬於字形演變過程中後加符號(如:丙、或)。但從字形的演變看,無論固有的還是後加的,構件「一」基本上都沒有經歷過顯著的形變。

所謂「源自他形」,即某字中的構件「一」在小篆之前的某個古文字階段曾經是以其他形體存在,後來才演變為小篆中構件「一」的樣子。屬於「源自他形」的有 20 字:天、吏、士、正、干、辛、兀、丗、旦、巛、乍、屯、十、孚、丂、帀、日、淫、与、戍。漢字的形體演變是導致這些漢字中出現了構件「一」主要動因。在字形演變過程中,封閉圓環常有被填實變成圓點或實心方塊的情況發生,這在西周金文中表現尤其明顯。而圓點或實心方塊則有可能被進一步線條化而變成一橫畫。如「正」字甲骨文作 🖊[註1],西周金文作 🖊,到春秋時則變為 🖊。「干」甲骨文作 🖊,西周金文作 🖊,到春秋戰國時徹底線條為 🖊。

另有一種特殊情況,難以判定其為「承自本形」還是「源自他形」。「音」「丹」「本」「朱」「末」5 字屬此類。「言」甲骨文作「🖊」,「音」是「言」的分化字,其分化的手段即在「口」中或加短橫、或加短豎、或加點,皆起分化作用。「丹」字中間或作點畫,或作一短橫,均表示朱砂。「本」、「朱」、「末」字之下部、中部、上部或為點畫、或為橫畫,自字形之初演變至於戰國時期,

---

並無定制，至小篆定型為一橫畫，其作用均為指事。上述「音」、「丹」、「本」、「朱」、「末」5 字最初就有作橫畫的寫法，故而可以說是「承自本形」；但同時又有作點畫的寫法，故而也可以說是「源自他形」。

另有「刃」「一」「馬」「戈」4 字，即便是小篆字形，其「一」亦非構件「一」，許慎分析有誤。「一」中並不存在一個可以獨立出來的構件「一」，上部平展筆畫與兩側下垂筆畫當是一體的，許慎強拆不妥。小篆「刃」「馬」「戈」中所謂的構件「一」無論是小篆之前的形體，還是小篆，均是斜筆。許慎把近似於「一」的斜筆作為「一」處理了。

從字形來源看，只有「承自本形」的「一」形構件才有可能與漢字「一」有關聯。而下述兩種情況中的「一」形構件決然不會與漢字「一」有關：（1）由具象部分線條而來的「一」形構件，「吏」「士」「正」「干」「兀」「旦」等字均屬此類。「士」中表示斧刃的部分，「正」中表示城邑的部分，「干」中表示盾身的部分，「兀」中表示頭首的部分，「旦」中表示地面的部分，後來都線條化為一橫畫，成為「一」形構件。（2）由於整字形變而再造出的「一」形構件，「弔」「冊」「乍」「屯」「寽」「与」「戌」等字皆屬此類。「弔」字經歷了虛空填實、線條拉伸、斷裂等諸多形體變化，構件「一」是在整字演變中再造的。「冊」字經歷了筆形融合、拉伸、拆分減省等諸多形體變化，從而再造出構件「一」。「乍」字則因筆形的傾斜度變化而最終造成了構件「一」的產生。「屯」字中的構件「一」源於虛空填實並進一步線條化。「寽」字兩手之間代表實物的實心圈點線條化並沒有被保留，反而是後來下部又增加一斜筆，這一斜筆成了小篆構件「一」的來源。「与」源於「與」中的「牙」，並進一步發生了筆形變化，產生了構件「一」。「戌」字中構件「一」的形成與整字筆形的方向、線條的拉伸及斷連有關。而「承自本形」的「一」形構件是否真正與漢字「一」有構形構意上的關係，還需對其構意功能作具體分析。

（二）構意功能

我們對 31 個「承自本形」的「一」形構件的構意功能逐個進行分析，結果發現，它們又分為實義構件與非實義構件兩種類型。

1. 實義類構件

所謂實義類構件，即構件是現實世界中某實物的描摹、象徵或抽象化，與

實物存在某種直接或間接的投射關係。

（1）地　面

「丘」「至」「才」「之」「韭」「立」等字中的「一」形構件為「地面」之象形。「丘」甲骨文作▲▲，像地面上連續凸起的小山。「至」甲骨文作🔽，從倒矢，從一，像箭矢下落至地形。「才」甲骨文或作「ｷ」，或作「ｷ」，或作「ｷ」，整體上像草木自「一」（象徵地面）鑽出之形（李學勤 2012：547）。「之」字甲骨文「ｷ」，從ｷ從＿，「ｷ」即「止」，表示腳，「＿」象徵腳離開之地。整個字形像一人抬足離開此地到他處去（李學勤 2012：548）。「韭」字戰國時作「韭」，像韭菜長出地面之形。「立」甲骨文作「介」，像人立於地面之形。

（2）髮簪〔註2〕

「夫」字甲骨文作ｷ，像一正面人形頭部著一髮簪。古代男子成年之時需以簪束髮，是為加冠，標誌其成年。

（3）泛指實物

「七」甲骨文作ｷ，丁山《數名古誼》以為字形是「刌物為二，自中切斷之象也」，乃「切」之初文。假借為數名之後，為表示刀切之義特加「刀」符，成「切」字（李圃 2004a：887～888）。依丁山之說，「七」中「一」形構件表示被切之物。甲骨文「甲」字作ｷ，與「七」同形。春秋戰國以後「十」與「七」也形似，其中橫長豎短者為「七」、豎長橫短者為「十」；或為示區別，人們將「七」之豎畫曲折作ｷ（張頷 1986：3）以別於「十」。

2. 非實義類構件

非實義構件是那些與實物沒有產生投射關係，自身並無實義的區別性、裝飾性、指事性符號或規約性符號。

（1）裝飾性構件

「兩」「丙」「聿」「或」「雨」等字中的構件「一」皆為裝飾性符號。沈鏡浩認為西周金文「⺫」乃截取早期金文「⾞」（「車」字初文）字的左側部分而來，字像一轅一衡兩軛，其本義為車。西周時，兩馬常駕一車，因此表示一輛

─────────

〔註2〕林義光《文源》以為「夫」與「大」本同形，後分為兩音兩義。「夫」乃「大」加　　　「一」以別於「大」（參李圃主編《古文字詁林（第八冊）》，上海教育出版社，2003，　　　第 907 頁）。依林之說，構件「一」則為區別符號。

車的「𠦌」逐漸用來表示駕一輛車的雙馬，後又據此引申，把凡是天然成雙或被認為是必然成雙的東西都用「𠦌」來表示（李圃 2002：111）。西周晚期，「𠦌」字上部被加上一橫作飾筆（季旭昇 2010：639），字形被後世所承。同樣的，「丙」「聿」兩字在春秋戰國時期被加上一短橫作飾筆，「或」「雨」兩字在西周時被加上一短橫作飾筆。「或」字的形變較為特殊，其甲骨文作𢧑、𢦏等形，「從戈守口，象有衛也」（李圃 2004b：958）。但西周早期金文中，「口」左移，不再居於「戈」形下，「口」之周圍或加四短橫作𢧑，或加二短橫作𢦀，西周晚期金文則有作𢦀者，將上面短橫拉長與右面「戈」形相連接，此形為小篆所承。

（2）區別性構件

「元」「氐」「丕」「百」等字中的構件「一」皆為區別性符號。「元」是「兀」的分化字，乃「兀」上部加一橫畫以別之。「氐」是「氏」的分化字，乃「氏」下加一橫畫分化出來（李學勤 2012：1105）。「丕」是「不」的分化字，乃「不」下部加一橫畫以別之。「百」乃「白」的分化字，乃「白」上部加一橫畫以別之（于省吾 1979：450）。

（3）指事性構件

「寸」「甘」等字中的構件「一」皆為指事性符號。「寸」之本義當為手與肘之間的寸口，從又，從一。「又」表示手，「一」乃指事符號，用於指示寸口所在的位置。「甘」字甲骨文作𠙼，從口，中間一短橫為指事符號，表示口中所含之物。暗含口中美味之意。

（4）規約性構件

「二」以二橫畫表示數目字「二」。一橫畫即為「一」，二橫畫則為「二」，三橫畫則為「三」，這是純粹的規約性符號，帶有抽象性，橫畫並不代表任何具體實物，二橫畫之間也不存在空間或結構的依託關係，只表示數量上的積攢效應。

除了上述實義類與非實義類構件外，還有一些構件實際上是不能獨立存在的，如「易」「且」「不」三個小篆中所謂的「一」形構件均為象形整體中的局部，拆開無意。

另外，「亐」「葬」「毛」「宜」「冄」「后」「𠤎」「厶」等 8 個小篆中的「一」

形構件目前尚不清楚其構意，姑且存疑。但能夠確定的是，這 8 個漢字中的「一」形構件均不具備獨立性。

在能夠分析清楚的 20 個漢字中，我們可以清晰地看到，無論是實義的還是非實義的，這些「一」形構件均無法與漢字「一」的字義「攀上親戚」。漢字「一」表示數字也罷，表示世界本原也好，均無法在上述 20 個漢字中找到參構理據與意義投射。許慎自己也意識到構件「同形未必同意」，他分別在「氐」「丘」「至」「屯」「才」「旦」「韭」「立」「之」「或」等字的結構分析中明確指出「一」是「地也」。在「丹」下曰「一象丹形」，在「雨」下曰「一象天」，在「丙」下曰「一者，陽也」，在「甘」下曰「一，道也」，在「夫」下曰「一以象簪也」，在「亏」下曰「一者，其气平之也」。從今天的古文字研究成果看，許慎對構件意義的補充說解未必完全正確，但許慎另作說明，表明他已意識到，構件同形未必同意，需要作具體分析。《說文》全書析出「一」形構件者 60 字，而納入「一」部字下者僅 4 字，也說明許慎只把他認為具有生成關係的漢字與構件納入部首統轄系統。遺憾的是，許慎囿於小篆字形，無法對「同形同意」與「同形不同意」全部作科學的區分，在必要時，只能依靠釋義與理據重構來體現字構關係。

三、確定漢字生成關係需要形意二重證據

漢字形體演變的總體趨勢是簡化與線條化，在這個過程中必然會形成同形構件。如《說文》「熏」字中的「屮」乃煙火上出之象形，「壴」字中的「屮」乃羽飾部分之象形，均與草木初生之「屮」形同而混。「履」與「前」字中的「舟」乃鞋履之象形，與船舟之「舟」形同而混。「壴」與「豈」字中的「豆」皆鼓身之象形，與「古食肉器」之「豆」形同而混。故而同形構件未必是同構件，正如同形漢字未必是同一個漢字一樣。《說文》「一」形構件凡 60，而「源自他形」者近半，可見字形演變對構件形體混同的重要影響。構件同形化是漢字系統化過程中必然出現的現象，從已識 1000 多個甲骨文字到 9431 個小篆文字〔註3〕，儘管漢字數量急劇膨脹，但構件數量並未顯著增加。據學者研究，甲骨文中的基礎構件數為 412（鄭振峰 2006：29），春秋金文中的基礎構件數為 324（羅衛東 2005：36），戰國東方五國文字中的基礎構件數為 379（趙學清 2005：22），

〔註3〕以大徐本的小篆字頭數為統計對象。

《說文》小篆中的基礎構件數為 416（李國英 1996：56）。構件數量的穩定，與構件傳承、構字能力增強有關，但也與形變導致的構件同形化有一定關係。因此，要確定某個漢字與同形構件之間是否有生成關係，第一步要做的就是形體溯源，只有歷時動態同形者，才有可能具有生成關係，是漢字構件化的結果。

歷時動態同形僅是判斷的第一步，最為關鍵的一步是構意的確定。《說文》31 個「一」形構件「承自本形」，與漢字「一」保持歷時動態同形。但逐個分析其構意功能，就會發現，這些「一」形構件均是非字構件，即便有實義，也常是整體象形之部分或具有象徵意義的筆畫，缺乏獨立性。不能獨立的構件就沒有音讀，自然與獨立的漢字之間沒有關聯。

使用「形意二重證據」全面梳理漢字與同形構件之間的關係，區分漢字構件化「字構同形」與非構件化「字構同形」，才能真正確定合體字中的構件是由於漢字生成而來，還是由於字形演變造成的形體混同。《說文》「一」形構件所涉各字與漢字「一」無關，產生「字構同形」的主要原因在於字形演變，特別漢字線條化。儘管許慎在《說文》「一」部之下通過文化釋義的方式建立了漢字「一」與所轄 4 字之間的生成關係，但這並不是文字學意義上的生成關係，而是文化視角下的理據重構。使用「形意二重證據」把「字構同形」現象背後的字構關係源頭弄清楚，既是漢字構形研究中的重要內容，也是漢字職能研究的基礎課題。

四、參考文獻

1. 郭迎春，《從〈禮記卷〉看專書辭典詞語釋義的文化性》，《辭書研究》第 6 期，2000 年。
2. 季旭昇，《說文新證》，福建人民出版社，2010 年。
3. 李國英，《小篆形聲字研究》，北京師範大學出版社，1996 年。
4. 李圃，《古文字詁林（第七冊）》，上海教育出版社，2002 年。
5. 李圃，《古文字詁林（第十冊）》，上海教育出版社，2004a。
6. 李圃，《古文字詁林（第九冊）》，上海教育出版社，2004b。
7. 李學勤，《字源》，天津古籍出版社，遼寧人民出版社，2012 年。
8. 羅衛東，《春秋金文構形系統研究》，上海教育出版社，2005 年。
9. 蘇寶榮，《詞義研究與辭書釋義》，商務印書館，2000 年。
10. 萬獻初，《〈說文〉學導讀》，武漢大學出版社，2014 年。
11. 于省吾，《甲骨文字釋林》，中華書局，1979 年。

12. 張頷，《古幣文編》，中華書局，1986 年。

13. 張聯榮，《語文義・術語義・文化義》，《辭書研究》第 1 期，1997 年。

14. 趙學清，《戰國東方五國文字構形系統研究》，上海教育出版社，2005 年。

15. 鄭振峰，《甲骨文字構形系統研究》，上海教育出版社，2006 年。

《萬字同聲》所記乾隆年間無錫話的特點*

周賽華、魯晞穎*

摘　要

　　文章對《萬字同聲》所記音系的特點作了重點的分析，在此基礎上進一步論證了書中音系反映的是當時的無錫方音，並對當時無錫方音與今方音的差異和變化進行了探討。

關鍵詞：無錫方音；《萬字同聲》；音系；乾隆時期

　　《萬字同聲》又名《四書總字釋義類編》《啟蒙識字捷徑》《古今同聲字考釋義便蒙》，係清代錫山（今無錫）王林仙（士崧）所輯，目前見有嘉會堂藏板。具體撰成時間不詳，但據周懋功在乾隆四十六年的序中說：「乙未春月，於友人處偶見是書，洵初學津梁，啟蒙之要訣也。聞王君昔日編輯此書，廿載苦心，書成而卒，竟無刻本。庚子夏日，余攜至粵東，友人鎮綱簡兄見而稱善，遂為捐資付刻。」因此該書應該成書在 1775 年以前。另據書前麟素序說：「吾友王

---

　　* 基金項目：國家社科基金重大項目「明代至民國漢語非韻書罕見同音聚文獻的音韻研究及數據庫建設」（21&ZD297）和國家社科基金項目「清代民國珍稀吳語韻書韻圖等文獻的音韻研究」（20BYY126）的階段性成果之一。

　　* 周賽華，男，1969 年生，湖南祁東人，博士，教授，湖北大學文學院，主要從事音韻和方音史研究；魯晞穎，女，1995 年生，湖北武漢人，湖北大學博士研究生。

子林仙，好學士也。歲戊戌，已三設絳於予。每見其課徒之暇，手持一編。寒暑無間，丹黃甲乙，腕不停批。偶於夏五，談及五經總字之亡板，四書總字之無音釋。便慨然曰：『是我之責乎。』……因不憚焚膏繼暑，矻矻窮年，將四書全部，錯綜兼併，照音編類，注解五經。」可見，此書開始編撰最早始於康熙戊戌年，即 1718 年。大約經過 20 年才完成，因此成書約在 1738 年，即乾隆三年。

該書在「四書」字下類聚同音字（偶爾有不全的四聲相配），並有簡單的釋義。根據同音字組，可以考見乾隆年間無錫話的一些情況（但由於音節不全，有些語言現象可能無法觀察到，有些語言現象可能證據較少）。

一、聲母的特點

1. 匣喻合流（少數疑母字也歸入）〔註1〕。

彝夷遺儀奚移怡攜畦貽姨胰巍。為帷緯圍回徊違茴桅韋洄蛔。黃王皇惶煌簧凰蝗徨璜。校效耀曜鷾。行刑形盈淫衡邢銀贏寅型蘅淫齦。外壞。焉言賢弦閑鹽延岩嫌顏沿炎妍銜舷咸涎焰。乎壺胡葫糊湖蝴猢蜈吳弧狐。誤晤寤互悟臥。玄員圓袁園猿緣芫援轅懸媛元。眩炫阮院苑遠汯鉉。

2. 禪母部分字與日母合流。

人仁辰晨神任唇壬娠純淳醇鶉。然燃船禪蟬蟾髯。入十日石實拾舌碩熱什折蝕食。尚上讓。柔揉鞣綢稠籌惆酬躊鍒。韶饒晃（去聲）紹邵劭。蛇佘（上聲）惹喏。

3. 從邪母部分字合流（部分船禪母字也歸入）

自是事字氏似視侍逝峙寺仕恃嗣祀柿諡伺飼俟嗜示。齊臍徐。詳祥牆翔檣薔庠牂嬙。俗續孰熟淑褥辱屬贖族肉塾。習籍睫捷席集寂夕截絕襲嫉疾隰蒺。循情晴尋潯旬巡馴秦蠶。椎垂陲錘裁才材財蕤隋隨誰捶。賤踐羨餞漸。

4. 保留全濁音

兜兜丟：〔註2〕頭投骰：偷（去聲）透唗。冬東：同桐銅侗胴筒彤童潼佟瞳：

〔註1〕匣喻合流，在今無錫方音中，細音讀喻母〔j〕，洪音讀匣母〔ɦ〕，正好互補，從音位的角度來看，可歸為一母。
〔註2〕用「：」隔開的字組，表示對立。這三組字的對立，可以是聲母的對立，也可能是

通恫侗。瞻詹專耑磚沾占顓氈：傳纏塵椽：川穿（去聲）串釧。編邊砭：駢胼
弁便：篇偏扁諞。鋪逋波菠玻：蒲婆鄱莆菩：頗普溥（平聲）鋪叵坡。（平聲）
章張彰漳樟（去聲）漲障帳賬瘴：嘗常裳長場腸：猖昌菖娼。莊臧贓裝妝椿蟑
章：藏床：倉蒼鶬窗滄瘡。曾增罾臻榛爭鐏尊遵箏錚樽：存曾橙層岑涔：忖（平
聲）村撐樘。經今金京驚巾斤筋襟荊莖：禽擒噙芹擎琴勤黔芩黔：卿輕傾欽衾。
規歸龜圭閨軌珪：揆葵逵馗夔：窺虧恢盔魁傀俚。

5. 奉微母合流

文聞焚蚊紋墳汾。誣夫無巫毋蕪符苻扶。忘亡房。附務負父婦駙輔腐戊侮
霧。萬飯。物勿佛。維惟唯濰肥微薇腓淝。晚犯範。忿憤刎吻紊。

6. 疑母開口細音大部分與泥娘母合流

年嚴研拈粘。毅乂刈藝議詣膩泥劓誼。語女齬。諺彥念廿驗唁硯。溺業逆
匿孽糵聶鑷臬齧涅躡嗫。仰（平聲）娘。寧嚀凝壬迎吟獰濘。

7. 大致精莊組字合流（知組二等字歸入），與知三章組字對立（但通攝 精章知組字合流）

生孫飧牲甥參森笙僧猻：心新星辛洵荀恂薪詢猩腥珣峋：身聲深升申伸紳
呻勝。成程誠陳呈城臣沉丞承繩仍乘澄懲塵：循情晴尋潯旬巡馴秦蠨：逞騁稱：
存曾橙層岑涔。曾增罾臻榛爭鐏尊遵箏錚樽：精晴菁晶津浚旌竣：真珍貞箴蒸
針甄諄肫砧屯拯征正斟偵。親青清侵：忖（平聲）村撐樘：稱春椿琛嗔蠢。

千阡扦遷躚悛竣簽僉佺銓詮痊荃：參餐攛驂：川穿（去聲）串釧。贊蘸瓚：
僭薦箭剪：戰占佔。

（平聲）章張彰漳樟（去聲）漲障帳賬瘴：莊臧贓裝妝椿蟑章：將漿。商
傷殤觴：霜雙孀桑喪：相湘箱廂襄鑲緗。

孳茲姿資緇錙淄孜諮貲仔梓：之知諸誅枝肢支朱芝蜘硃蛛茱脂珠侏梔卮豬
株。雌差：侈瘥笞蚩鴟樞娡魖：棲淒妻萋。詞辭慈疵茨磁：如時殊殳儒孺襦鱬：
治除滁遲持儲匙池躕躇廚櫥剮馳蜍：齊臍徐。師思斯私司絲獅廝：書詩施舒菁
輸抒屍弛：西棲犀樨些撕。

銷消硝蕭簫逍瀟宵霄：繰搔騷梢臊。昭招朝釗：遭糟瘙搔。悄悄俏：超弨。

曹巢槽嘈漕：朝潮：憔樵瞧。

廖抽：秋楸鰍揪。周州洲舟：鄒諏陬。

衰篩腮雖綏。哉栽追齋錐災騅。椎垂陲錘裁才材財薐隋隨誰捶。崔摧催吹猜炊璀。豺儕柴。

宗終中衷綜鐘棕蹤。從叢蟲崇戎茸重（上聲）冗。松菘嵩舂。

8. 非敷合流

分紛芬汾氛。非飛蜚緋霏扉妃菲。風楓封峰烽蜂鋒豐瘋酆。

9. 儘管疑母有部分字歸入其它母，但疑母仍舊存在

「敖傲驁」≠「浩號顥灝昊鎬」。「遨熬鼇翱嗷」≠「毫豪嚎壕號」。「礙艾（平聲）呆」≠「孩咳」。

10. 分尖團

祭際濟霽≠既記計繼季冀紀薊寄悸。羲熙希熹犧嬉曦稀≠西棲犀樨些撕。棲淒妻萋≠欺崎溪敧。銷消硝蕭簫逍瀟宵霄≠囂梟鴞枵。丘坵蚯≠秋楸鰍揪。經今金京驚巾斤筋襟荊莖≠精睛菁晶津浚旌竣。千阡扦遷躚悛竣簽僉僊銓詮痊荃≠騫搴牽謙愆鉛。香鄉薌≠相湘箱廂襄鑲緗。

11. 泥來母不混

郎廊琅榔螂狼（上聲）朗閬≠囊瓤曩。怒糯弩努≠魯櫓虜擄鹵裸卵臝。內耐奈吶：（入聲）捺≠賴癩籟。老潦≠腦瑙惱。寧嚀凝壬迎吟獰濘≠陵綾靈淩菱臨林零鈴聆伶苓琳羚齡。南男楠喃≠闌蘭瀾欄攔襤藍籃。

二、韻母的特點

1. 止攝開口三等韻的知章組字與遇攝合口三等魚虞韻字合流

之知諸誅枝肢支朱芝蜘硃蛛茱脂珠侏梔卮豬株。書詩施舒著輸抒屍弛。智至致志制著置鑄駐貯佇痣騺注蛀翅。治住箸滯柱稚痔彘。庶世勢恕試弒。如時殊殳儒孺襦鱬。處恥褚睹齒杵鼠。治除滁遲持儲匙池躕躇廚櫥剽馳蜍。侈褫袳蚩鴟樞姝齱。

2. 臻攝合口三等諄韻的舌齒音字與開口三等字合流

人仁辰晨神任唇壬娠純淳醇鶉。盛甚順潤認任軔稔甚閏。真珍貞箴蒸針甄

諄肫砧屯拯征正斟偵。舜聖勝瞬。進峻晉浸俊駿縉。心新星辛洵荀恂薪詢猩腥
珣峋。循情晴尋潯旬巡馴秦蓁。精晴菁晶津逡旌竣。倫淪輪鄰鱗磷圇粼掄遴嶙
楞〔註3〕。省醒筍。稱春椿琛嗔蠢。

3. 部分蟹攝二等韻牙喉音字與麻韻三等字合流

也矮冶野。夜械懈廨邂獬。骸爺鞋諧埃崖涯。（家佳嘉加枷袈葭痂）

4. 臻深梗曾攝合流

生孫飧牲甥參森笙僧猻。民明銘名鳴岷酩閩冥。性姓信汛隼迅訊。應映蔭
印窨。卿輕傾欽衾。行刑形盈淫衡邢銀贏寅型蘅淫齦。陵綾靈淩菱臨林零鈴聆
伶苓琳羚齡。因姻鸚嬰纓櫻英湮鷹應鶯蠅陰音殷罃。孟悶捫。存曾橙層岑涔。
昏惛婚薨葷轟淝。身聲深升申伸紳呻勝。恒痕。魂橫混渾衡。

5. 臻攝合口一等魂韻的舌齒字與開口字合流（少數喉音字歸入）

生孫飧牲甥參森笙僧猻。曾增罾臻榛爭罇尊遵箏錚樽。存曾橙層岑涔。登
燈敦墩惇燉瞪。豚臀滕騰謄疼。寸襯讖齔。等頓。頓凳。魂橫混渾衡。忖（平
聲）村撐橕。

6. 遇攝合口三等魚虞韻來母字（少數精組字）與止攝開口三等字合流

來母字：禮理李裡履鯉旅俚娌醴閭。慮利麗隸履吏荔戾痢俐例勵厲濾。黎
犁驢鸝狸離厘罹梨漓籬橺廬黧。

精組字：細絮壻。齊臍徐。

但「趨趄」≠「棲淒妻萋」。「西棲犀樨些撕」≠「須需胥繻」。「沮齟咀」≠
「泚姊擠濟霽」。

7. 蟹攝一等韻齒舌音字開合不分（部分止攝合口三等韻字也歸入）

代殆待逮怠懟兌袋隊黛貸。歲帥說銳稅賽崇塞碎曬繐。對戴碓帶（平聲）
堆歹敦（入聲）搭姐韃。衰篩腮雖綏。頹苔隤台抬。內耐奈吶：（入聲）捺。椎
垂陲錘裁才材財葰隋隨誰捶。哉栽追齋錐災雖。最再載醉憒債贅。

8. 山攝合口三等仙韻的齒音字讀開口音

先宣仙鮮纖。千阡扦遷躚悛竣簽僉佺銓詮痊荃。傳纏鏖椽。瞻詹專耑磚沾

占顑氈。鮮選蘚銑。饌僎棧潺湛站撰暫賺綻。

9. 歌模韻除了牙喉音字（除了個別疑母字外）基本對立外，其它唇舌齒音字正處在合流之中

牙喉音對立：「古鼓瞽賈辜沽蠱估詁股」≠「果裹蜾」。「過個」≠「固故顧」。「孤姑箍辜鴣沽菇蛄菰觚」≠「戈哥柯鍋軻舸」。「可坷顆棵稞砢」≠「苦（平聲）枯刳」。「科蝌窠（去聲）課」≠「苦（平聲）枯刳」。「科蝌窠（去聲）課」≠「褲庫」。「河何荷和禾」≠「乎壺胡葫糊湖蝴猢蝴吳弧狐」。「戶護怙扈祜」≠「賀禍和荷」。「虎琥滸」≠「火夥」。「阿倭窩萵」≠「汙烏惡」。「吾梧齬」≠「俄鵝訛蛾娥」。

唇舌齒音字合流：頗普溥（平聲）鋪叵坡。補圃播譜簸跛。初粗矬磋搓。錯措厝醋挫剉。左佐組祖阻俎。誤晤寤互悟臥。模謨磨摩魔麼。慕暮募幕墓磨。步哺部捕簿埠。怒糯弩努。助坐座祚。魯櫓虜擄鹵裸卵臝。破舖。蒲婆鄱蒲菩。盧爐羅蘿籮鑼螺騾邏蘆瀘轤顱鸕。梳唆梭簑娑莎（去聲）鎖瑣嗩。兔唾吐菟。鋪逋波菠玻。

但唇舌齒音字也有對立：「徒圖途塗屠茶」≠「鼉駝馱舵佗跎」。「渡度鍍肚杜」≠「惰墮」。「睹肚妒蠹賭」≠「朵垛躲剁」。「儺挪（上聲）娜」≠「孥奴駑」。

10. 山咸兩攝一二等韻字合流後，分為兩個不同的韻部

「官觀冠棺倌」≠「關鰥瘝」。「貫盥罐灌觀鸛冠」≠「貫慣丱」。「環寰鬟圜」≠「桓垣刓丸完紈」。「端耽聃」≠「丹單簞擔鄲」。「貪湍探吞（上聲）疃」≠「歎炭（平聲）灘攤癱」。「覃潭壇團摶曇」≠「檀壇譚談痰彈」。「半絆」≠「版板（去聲）扮絆」。「辦（平聲）爿」≠「畔叛伴拌」。「盤磐蟠礛胖」≠「辦（平聲）爿」。

11. 古〔p〕〔t〕〔k〕韻尾合流，應為一個喉塞尾

質職執織褶擲拙炙窒哲折淛汁。必壁璧筆逼別碧鱉畢蹕。立栗力烈列歷劣冽笠律裂獵霹粒率。設說識失濕攝室適式釋飾拭軾刷。入十日石實拾舌碩熱什折蝕食。昔息熄泄褻晰皙雪錫蟋媳悉屑恤析惜淅。切戚七竊漆緝膝妾葺輯楫。亦逸葉易曳液頁協洽檄翼翌譯驛繹峽軼。滌笛牒狄敵疊荻迪臺迭蝶諜碟喋。橘訣決蕨厥抉。溺業逆匿孽蘗矗鑷臬齧涅躡暱。伐閥筏襪乏罰沒末歿歿默抹墨脈麥

陌驀茉沫。

又入聲韻有的與陰聲韻相配，有的與陽聲韻相配：對戴碓帶（平聲）堆歹敦（入聲）搭妲韃。內耐奈吶：（入聲）捺。顯（平聲）軒掀（入聲）瞎。可見入聲韻應該為喉塞韻尾。

三、聲調的特點

根據書中對聲調的標記，知道有平上去入四個調類：

樸撲璞（平聲）抛（去聲）花炮麅泡砲雹。阼胙柞（平聲）楂。（平聲）章張彰漳樟（去聲）漲障帳賬瘴。鏘槍蹌（去聲）嗆。攘穰釀償（平聲）瀼。邦梆幫（上聲）榜綁。旁傍防龐滂膀（去聲）棒蚌。行項（平聲）行杭航降。郎廊琅榔螂狼（上聲）朗閬。苦（平聲）枯刳。科蝌窠（去聲）課。儺挪（上聲）娜。頗普溥（平聲）鋪叵坡。梳唆梭蓑娑莎（去聲）鎖瑣嗩。考拷（去聲）犒靠（平聲）尻。操抄（上聲）炒。巧（去聲）竅。韶饒晁（去聲）紹邵劭。耀眺跳（平聲）佻挑銚。寫（去聲）瀉卸。蛇佘（上聲）惹喏。差叉釵（去聲）吒汊。馬碼瑪（去聲）罵禡。誇刳（去聲）跨咵胯。罷鮁（平聲）耙杷琶爬。諾（平聲）拏拿。對戴碓帶（平聲）堆歹敦（入聲）搭妲韃。內耐奈吶：（入聲）捺。哀（上聲）藹靄。隘餲（平聲）捱挨。礙艾（平聲）呆。推台胎郃（上聲）腿。偷（去聲）透唔。叟瞍藪（去聲）嗽瘦。剖（平聲）裒。蘊慍慍醞搵（平聲）氳。群裙（去聲）郡。聘（平聲）娉骿。緐袞滾（去聲）棍。忖（平聲）村撐樽。顯（平聲）軒掀（入聲）瞎。川穿（去聲）串釧。辦（平聲）爿。版板（去聲）扮絆。歎炭（平聲）灘攤癱。貪湍探吞（上聲）疃。寬（上聲）款窾。算祘（平聲）酸。從叢蟲崇戎茸重（上聲）冗。悾空倥箜崆（去聲）控鞚。

1. 絕大多數全濁上聲字歸入了去聲，少數濁上聲字仍舊讀上聲。如：序緒聚敘漵。道盜蹈悼稻。自是事字氏似視侍逝峙寺仕恃嗣祀柿謚伺飼俟嗜示。治住箸滯柱稚痔彘。具懼巨距拒櫃苣炬。射社麝。賤踐羨餞漸。陷現豔雁限焰贗。饌僎棧潺湛站撰暫賺綻。代殆待逮怠懟兌袋隊黛貸。備倍背陛佩焙悖。

氏樹豎誓：汝市乳墅舐豉豎。蛇佘（上聲）惹喏。但誕蛋憚彈啖：淡澹啖。

2. 平去入三聲字基本保持不變，各自獨立成一類。

四、音系的性質

書中音系應該記錄的是當時無錫方音。下面把書中聲韻調特點與今無錫方音比較如下：

（一）聲母特點的比較

書中特點	1	2	3	4	5	6	7	8	9	10	11
方言特點	∨	∨	∨	∨	∨	∨	∨	∨	∨	∨	∨

（二）韻母特點的比較

書中特點	1	2	3	4	5	6〔註4〕	7	8	9	10	11
方言特點	∨	∨	∨	∨		∨×	∨	∨	∨×	∨	∨

（三）聲調特點的比較

書中特點	1	2
方言特點	∨	∨

從上面的比較可以看出，書中語音特點與今無錫方音大致相同。不同的地方只是少數，但這些差異是可以解釋的，是由於古今的演變造成的。因此書中音系應該是當時無錫方音的反映。

不過，這種無錫方音，不是白讀音，而是讀書音，因為：

1. 今無錫白讀音，止攝開口三等日母字「二耳」等字，與疑泥娘母細音字同音。而在書中獨立成一個音節，與文讀音同。

「二貳刵」≠「毅乂刈藝議詣膩劓誼」。「耳邇爾珥」≠「睨擬你儗」。

2. 今無錫白讀音，麻韻二等的牙喉音字開合不分，與模韻字合流。但書中這兩類字對立，不同音，與文讀音同。

「家佳嘉加枷袈葭痂」≠「孤姑箍辜鴣沽菇蛄菰觚」。「古鼓瞽賈辜沽蠱估詁股」≠「寡剮」。「嫁稼架駕價」≠「固故顧」。「誇刳（去聲）跨咵胯」≠「苦（平聲）枯刳」。「誇刳（去聲）跨咵胯」≠「褲庫」。「牙遐瑕霞衙芽迓」≠「吾梧齬」。「乎壺胡葫糊湖蝴猢蝦吳弧狐」≠「華驊」。「下夏訝暇」≠「戶護怙扈祜」。「攫華話畫樺劃」≠「戶護怙扈祜」。「雅亞啞椏」≠「汙烏惡」。

3. 今無錫白讀音，梗攝二等韵字與陽韻字合流為一部，但在書中與曾臻深

攝字合流，與文讀音同。

五、古今的差異和變化

1. 書中遇攝合口三等魚虞韻精組只有少數字與止攝開口三等字合流。今無錫方音精組字已經全部與止攝開口三等韵字合流。

2. 書中歌模除了牙喉音字（除了個別疑母字外）基本對立外，其它唇舌齒音字正處在合流之中。今無錫方音唇舌齒音字已經全部合流，但牙喉音字仍舊保持對立。

3. 書中蟹攝合口二等韻牙喉音字與麻韻二等合口字不同音：快𠲷噲：誇刲（去聲）跨咵胯。怪拐夬：卦掛罣。懷淮槐：華驊。外壞：攃華話畫樺劃。

今無錫方音蟹攝字則失去 i 韻尾，與麻韻二等字合流。

4. 書中流攝精組和端組洪細字大多不同音：螻摟僂婁髏：柳瀏綹。修羞饈：廈搜蒐餿颼艘溲。秀繡宿：叟嫂藪（去聲）嗽瘦。就袖柚鷲：驟傺。但合流已經開始萌芽：兜兜丟。

今無錫方音，精組和端組洪細字基本上都合流為洪音。

《萬字同聲》儘管音節不全，但把當時無錫方音的主要特徵基本上都反映了出來，特別是反映了一些正在進行的音變，因此該書是研究無錫方音史和吳語語音史的寶貴資料。

六、參考文獻

1. 耿振生，《論近代書面音系研究方法》，《古漢語研究》，第 4 期，1993 年。
2. 莊申等，《無錫市志·方言》，南京：江蘇人民出版社，1995 年。
3. 劉曉南，《漢語歷史方言研究》，上海：上海人民出版社，2008 年。
4. 趙元任，《現代吳語的研究》，北京：商務印書館，2011 年。

語言接觸視角下東鄉漢語的「些」和東鄉語中的「ɕiə」*

敏春芳*

摘　要

語言接觸是目前國內語言學界的一個研究熱點。西北地區語言接觸最明顯的特徵是少數民族語從漢語借入大量的詞匯，深度接觸後可以借入複數標記、構詞詞綴等。如，東鄉語中的複數「-ɕiə」是借自漢語的「些」；反之，漢語向民族語借入詞匯的情況卻很少，但語言是互動的，互相影響，民族語言的母語干擾始終存在，如東鄉漢語的「些」是東鄉語從比格「-sə」的複製和音譯。東鄉語中的複數「-ɕiə」屬於借用，東鄉語從比格「-sə」屬於干擾，兩者都是語言接觸的結果。

關鍵詞：東鄉漢語；從比格「些」；東鄉語；複數「-ɕiə」；語言接觸；借用；干擾

一、引　言

東鄉語屬阿爾泰語系蒙古語族，甘肅省境內的東鄉語長期處於漢藏語系的包圍之中，是受漢語影響最深的語言之一。東鄉語中的漢語借詞比比皆是，隨

---

* 基金項目：國家社科基金重大招標項目《西北民族地區回族話與回族經堂語、小兒經語言研究》（17ZDA311）。

* 敏春芳，女，甘肅臨潭人，蘭州大學文學院教授，博士生導師，蘭州大學文學院，研究方向：漢語史與語言接觸。

處可見。借入的不僅有名詞、動詞，甚至還有名詞複數標記、構詞詞綴等。如東鄉語中的複數「-ɕiə」是借自漢語的「些」；反之，漢語從民族語言借入詞匯的情況很少，但是語言是互動的，往往互相影響，互相融合。民族語言的「底層干擾」即「母語干擾」始終存在，且根深蒂固，如東鄉漢語（東鄉人所說的漢語，下同）的從比格「些」就是東鄉語從比格「-sə」的音譯和複製。

東鄉語和東鄉漢語相互影響，你中有我，我中有你。「各美其美，美美與共。」本文主要以甘肅省東鄉族自治縣的東鄉語和東鄉漢語為例〔註1〕。討論：（1）東鄉語「-ɕiə」和東鄉漢語「些」的分佈特徵，考察東鄉語複數標記「-ɕiə」與漢語「些」的對應關係；（2）從語言接觸的角度，考查東鄉漢語「些」與東鄉語從比格「-sə」之間的淵源關係，在此基礎之上，揭示它們的語法功能和形成機制，考察西北漢語方言中一些同類成分的共時表現。

二、東鄉漢語從比格標記「些」

（一）東鄉漢語「些」的語法功能

我們通過調查，發現甘青河湟地區的一些方言中，漢語的「些」可以用格標記，如東鄉漢語中的「些」，可以附加在處所名詞和時間名詞的後面，與漢語介詞的功能一致。例如：

1.「些」附加在處所名詞和時間名詞的後面，與漢語介詞的功能一致。例如：

（1）傢昨個些學裏去了。（他從昨天去學校了。）

（2）兀個年時些長下〔ha〕著大唄。（他從去年起長了不少。）

（3）伊斯瑪人名丁師傅兀些學的〔tɕi〕手藝。（伊斯瑪是向丁師傅學的技術。）

（4）尕女〔ni〕孩〔xa〕繡球樓底下〔xa〕的〔tɕi〕人夥夥裏些扔著去〔tɕhi〕了。（姑娘把繡球朝樓下的人群扔去了。）

（5）花蛇張明兀些爬著過給了。（有條花蛇朝張明爬過去了。）

以上例句中的「些」相當於漢語介詞「從」「向」「朝」的功能，所處的位置與介詞相反，介詞的語法格式為「介詞＋處所名詞＋動詞」，而「些」則加在了處所名詞的後面，即「處所名詞＋些＋動詞」，符合東鄉語等 OV 語言的結構

〔註1〕本文東鄉漢語具體指東鄉人所說的漢語，語料主要為作者近幾年的調查獲得，部分為筆者內省，其他方言語料的來源詳見具體說明。

模式。

　　2.「些」還可以加在比較對象的後面，相當於比較標記。其構式為「比較項＋基準項＋些＋形容詞」。例如：

　　　（6）尕娃尕女〔ni〕孩〔xa〕些活泛。（男孩子比女孩子靈活。）

　　　（7）今年的〔tɕi〕杏〔xeŋ〕年時〔sʅ〕些甜〔tɕʻian〕。（今年的杏子比去年的甜。）

　　　（8）索菲人名傢〔tɕiə〕的〔tɕi〕妹子些俊些。（索菲比她的妹妹漂亮。）

　　　（9）這個物件兀個些大些。（這個東西比那個大些）

　　　（10）這個電〔tɕian〕話兀個電〔tɕian〕話些貴些。（這個手機比那個手機貴。）

以上五例中的「些」與普通話的介詞「比」的功能一致，只是位置相反。值得注意的是後三例，形容詞前後都有「些」，前面的「些」是比較標記，後面的「些」才是比較的結果或比較的程度。

（二）東鄉漢語從比格標記「些」的來源

　　我們在上節探討了東鄉語的複數附加成分「-ɕiə」是借自漢語的「些」。那麼，從格標記的「些」，是否就是漢語的「些」呢？要解決東鄉漢語從格標記「些」的來源問題，就需要聯繫東鄉語的從比格標記「-sə」。「-sə」是東鄉語的從比格標記，表明行為或狀態發生的時間、起點等。例如：

　　1.「-sə」是東鄉語的從比格標記，表明行為或狀態發生的時間、起點等。例如：

　　　（11）bidʐiən　badʐiəndʐun-sə　uiliə　giəjə！（我們從八點鐘起工作吧！）

　　　　　我　們　八點鐘從比格　工作　做

　　　（12）bi dunɕian-sə　irə wo.（我從東鄉來。）

　　　　　我　東鄉從比格　　來完成體

　　以上兩例引自劉照雄（2009：133）《東鄉語簡志》

　　　（13）ndʐaŋ Golo mor-sə　ira o.（他從遠道而來。）

　　　　　　他　遠　路從比格　來

　　　（14）1978 nian-sə　kaishi gie-sə　　zhangmin jiu hhe nie xuexiao-de

　　　　　　1978 年從比格　開 始從比格　　張 明 就 那 一　 學 校

jiaoshu gie-zhuo.（從 1978 年開始，張明就在那所學校教書。）

　　教　書

（15）zhangmin lou jiere-sə yao bao-zhi。（張明從樓上走下來了。）

　　張　明樓　上從比格 走 下

「-sə」加在名詞「路」「1978 年」和「樓上」的後面，表示「從遠路」「從1978 年」「從樓上」，分別介引的是方向和時間，相當於漢語的介詞「從」。

　　2.「-sə」除了介引方向和時間外，還可以介引比較的物件。例如：

（16）dzạsun-sə tʂɯɢan。（比雪白。）

　　雪 从比格　白

（17）mori-sə Gudʑin。（比馬快。）

　　馬從比格　快

以上兩例引自劉照雄（2009：133）《東鄉語簡志》

（18）zhangsan lisi- sə undu ya.（張三比李四高呀。）

　　張 三　李四從比格 高

（19）man ə iam ə han ə nəgudən ə gudə-sə saŋdər（ə） o.

　　咱們 一切　全 一天　一 天從比格 好

　　（咱們日子一天比一天好。）

　　格範疇是阿爾泰語系名詞和代詞的重要語法範疇之一，少數民族語言使用者在學習或轉用漢語的過程中，會將自己母語的語法特徵，如名詞的格範疇帶入到他們所習得的目標語中，同時，會選擇漢語音同音近的詞來代替格標記。漢語的「些」與東鄉語的從比格「-sə」的讀音相似，所以東鄉語漢語選擇了「些」對應東鄉語的從比格「-sə」。試比較：

（20）東鄉語：bi dun ɕian-sə ira wo.（我從東鄉來。）

　　我 東　鄉從比格 來完成體

東鄉漢語：我東鄉些來了。

（21）東鄉語：bi nie kyn-sə u kuɑi bɑer lɑji wo.

　　我 一　人從比格 五 塊 錢 拉的完成體

　　（我從一個人那裡借了五元錢。）

東鄉漢語：我一個人些五元錢借了。

（22）東鄉語：chezi mori-sə　gudʑin.（汽車比馬快。）

　　　　　　車子　馬從比格　　快

東鄉漢語：汽車馬<u>些</u>快。

（23）東鄉語：zhang san　lisi-sə undu ya.（張三比李四高。）

　　　　　　張　　三　李四從比格 高

東鄉漢語：張三李四<u>些</u>高。

　　以上對比可以看出東鄉漢語的「些」與東鄉語的從比格「-sə」的對應關係。為了能更清晰地說明問題，我們概括為表格形式。表一是阿爾泰語系蒙古語族的保安語、東鄉語以及土族語的從格標記；表二是東鄉漢語、唐汪話和臨夏話的從格標記。

表一　少數民族語言的從格範疇

從格範疇	少數語言	範　例
表明行為或狀態發生的時間	保安語 從比格-sə	man gə ma χɕiə-sə leg（ə）e！（咱們從明天起勞動吧！） 咱們 明天 從比格 勞動
	東鄉語 從比格-sə	tʂu ənə udusə ɕiə ɕiao də ətʂu.（你從今天起到學校去！） 你 這 天從比格 學 校 方位格 去
	土族語 從比格-Z	ne Gadʐəerdə ʂdana urdʑənsa. bu：də tarəna. 這 地方 古 代從比格 麥子 生產
表明行為狀態發生的處所	保安語 從比格-sə	ndʑaŋ Golo mor-sə r（ə）o.（他從遠道而來。） 他　遠　路 從比格　來
	東鄉語 從比格-sə	bi dun ɕian-sə ira wo.（我從東鄉來。） 我 東鄉從比格 來
	土族語 從比格-Z	vaŋ dʑa aa de badzar-sa a.（王爺爺是從城裡來的。） 王　家爺爺　城　從比格來
表明行為或狀態發生的原因	保安語 從比格-sə	bu mo Gəi-sə ajinə.（我怕蛇。） 我 蛇　從比格 怕
	東鄉語 從比格-sə	ənə giən darasun-sə oluwo.（這病從酒上得的。） 這 病　酒 從比格 得
	土族語 從比格-Z	noxuai-sa ajə va.（怕狗。） 狗　從比格 怕
與某種性質或狀態比較的物件	保安語 從比格-sə	man ə iam ə han ə nə gudə nə gudə nə gudə-sə 咱們 一切 全 一 天一 天　　從比格 saŋ dər（ə）o.（咱們的生活一天比一天好起來了。） 好　來

東鄉語 從比格-sə	mori-sə Gudʑin.（比馬快。） 馬 從比格 快 zhangsan lisi-sə bare olon.（張三比李四有錢。） 張三 李四從比格 錢 多。 bejin shanghai-ghala-sə bi bejing echi-ku duran 北京 上海 和 從比格 我 北京 想去 更。 （北京和上海，我更想去北京。）	
土族語 從比格-Z	ndə ree ger-sa ndur çdʑoo-sə ulon xu Guai va. 這裡 房子 高 樹從比格 多 很 是 （我們這兒比房子高的樹多的是。）	

三種少數民族語言的從比格範疇為「-sə / -sa」。

表二　甘肅東鄉漢語、臨夏話和唐汪話的從比格標記

從比格	語言	範例
表明行為或狀態發生的起始時間	東鄉漢語	些〔çiɛ〕/〔ʃie〕 我們八點鐘些工作呢！（我們從八點鐘工作吧！）
	唐汪話	些〔ʃie〕 傢昨個些做脫了。（他從昨天開始做了。）
	臨夏話	搭〔ta〕/塔〔t'a〕 兀會搭再沒來過。（從那時起再沒來過。）
表明行為或狀態發生的處所起點	東鄉漢語	些〔çiɛ〕/〔ʃie〕/搭〔ta〕 我東鄉些來了/我東鄉塔來了。（我從東鄉來。）
	唐汪話	些〔çiɛ〕/〔ʃie〕 我家裏些來了。（我從家裏來。）
	臨夏話	搭〔ta〕 北京搭回來了。（從北京回來了。）
與某種性質或狀態比較的對象	東鄉漢語	些〔çiɛ〕/〔ʃie〕 雪些白。（比雪白。）馬些快。（比馬快。）
	唐汪話	些〔çiɛ〕/〔ʃie〕 尕張尕王些大。（小張比小王大。） 馬驢些快。（馬比驢快。）
	臨夏話	看著〔k'ɑn tʂɤ〕看是〔k'ɑn ʂ〕 他我（哈）看著/是大兩歲。（他比我大兩歲。）

　　表二中除了東鄉漢語的從比格是「些」外，徐丹（2011：148）指出，唐汪話也是「些」。敏春芳（2014：45）認為，臨夏話是「「搭/塔」，「搭/塔」是東鄉語等阿勒泰語言與位元格「də」的對譯。已有材料顯示，青海西寧話中從比格為「撒」或「唦」，甘肅唐汪話和東鄉漢語中使用「些」，「撒」「唦」「些」

異口同聲，是東鄉語、保安語和土族語等的從比格「sa／sə」進入漢語方言後，不同的地區選用的不同漢字，它們都是一種只具有語法功能、而脫離了詞彙意義的形態標記。

莫超（2010：33）指出：東鄉漢語中從比格標記「些」來源於東鄉語，很有可能是東鄉語表示從格的格範疇「-sə」被帶入漢語之後，又受漢語語音的影響而漢語化，才讀作「ɕiə」的。

李克郁（1987：31）指出，青海漢語中的介詞「撒」與蒙古語族語言的從比格有種種淵源關係，可以表示行為的起因、動作行為的起落點和起迄時間等，無論從句子中所處的位置、表示的語法意義還是語音面貌看，「撒」與阿勒泰語系語言有著淵源關係。席元麟（1989：93）認為，青海漢話裡的「撒」表達相當於漢語普通話中「從、自、比、跟」等介詞的意義，恰好與土族話等阿勒泰一些語言裡的從比格附加成分同音，而且它們所表示的語法功能也完全一樣，兩者的對應關係很明顯。

三、東鄉語複數標記「-ɕiə」

阿爾泰語系語言的數範疇均有單數和複數的區別，單數是零形態，複數都是後綴附加成分，「名詞＋複數附加成分」為名詞複數結構。如果名詞後面既有複數附加成分，又有格和領屬附加成分，緊跟著詞根最先出現的是複數附加成分，其次才是格附加成分和領屬附加成分，其構式是「名詞詞根＋複數＋格＋領屬範疇」。

（一）東鄉語複數形式

東鄉語單數形式由詞根表示，劉照雄（2009：130）《東鄉語簡志》中指出，東鄉語複數的標誌是-la。例如：

單數		複數
kun	人	kun-la
mori	馬	mori-la
mutun	樹	mutun-la
ʂurə	桌子	ʂurə-la

東鄉語複數標記-la可以加在有生命的「人」和「馬」之後，也可以加在無生命的「樹」和「桌子」之後。東鄉語除了具有阿勒泰語系數的基本特點以外，

還有自己的獨立特徵。布和（1986：87）對東鄉語的數範疇與蒙古語進行了細緻的比較，指出東鄉語的數範疇有不定形式、複數形式和概稱形式三種：不定形式就是單數形式，由詞根表示，不用附加成分；複數形式常用-la，有時還使用-sla和-ɕiə。呼和巴爾（1988）也指出，複數形式尾碼有-la和-sla。

（二）東鄉語複數標記「-ɕiə」的語法功能

布和（1986：87）、呼和巴爾（1988：126）均論證了東鄉語的複數形式「-ɕiə」的使用範圍和語法意義，概括如下：

1.「-ɕiə」加在親屬稱謂的專有名詞後面，表示該詞根所指的人具有兩個以上的複數。

如：

（24）gaji dʑiau＋ɕiə→gajidʑiauɕiə　哥哥和弟弟們

（25）əɡətʂ̩ dʑiau＋ɕiə→əɡətʂ̩ dʑiauɕiə　姐姐和妹妹們

（26）bakaŋ dʑiau＋ɕiə→bakaŋ dʑiauɕiə　嫂嫂和妹妹們

（27）ərə mə＋ɕiə→ərə mə ɕiə　丈夫們和妻子們

（28）awəi kuo＋ɕiə→awəi kuo ɕiə　父親和兒子們

2.「-ɕiə」加在專有名詞詞幹上，表示該名詞所指稱的物件及其他有關的人和事物，相當於漢語「們」的連類複數。呂叔湘（1985：70）根據「們」的語法意義特徵，將「們」分為真性複數和連類複數。如老師的「真性複數」，指的是「老師1＋老師2＋老師3……」；「連類複數」則是「老師＋別人」，這個「別人」是老師及其他，可能是老師的學生，也可能是老師的家人等。

同樣，東鄉語中的「gajidʑiau-ɕiə」哥哥和弟弟們的「-ɕiə」綴加在「哥哥」「弟弟」專有名詞後面，也表示的是連類複數，意思是「哥哥（弟弟）＋其他人」，「其他人」必須是相關的，如哥哥和弟弟的朋友、家人等，其他情況類似。

3.「-ɕiə」可以與另一複數附加成分-la重疊，構成-ɕiəla形式，複數附加成分重疊使用，其意義不變。例如：

（29）gajidʑiau-ɕiə→ɕiəla-ɕiə iə　哥哥們和弟弟們

（30）əɡə tʂ̩ dʑiau-ɕiə→ɕiəla-ɕiə liə　姐姐們和妹妹們

4.「-ɕiə」還可以加在格標記的附加成分之後，構成詞序為「名詞詞根＋複數＋格標記」。如：

（31）gaji ʥiau-ɕiə-ni（領賓格）

（32）gaji ʥiau-ɕiə-də（向位格）

（33）gaji ʥiau-ɕiə-sə（從比格）

（34）gaji ʥiau-ɕiə-lə（聯合格）

（35）gaji ʥiau-ɕiə-Gala（憑藉格）

「-ɕiə」在以上例子中，分別附加在了親屬稱謂的專有名詞、複數附加成分、格附加成分後，還可以和東鄉語固有複數附加成分-la重疊使用。毋庸置疑，「-ɕiə」已具備複數附加成分的各種特徵和功能。

（三）東鄉語複數標記「-ɕiə」的來源

關於東鄉語複數成分「-ɕiə」的來源問題，學者們大都認為是東鄉語從格形式「-sə」的變體。呼和巴爾（1988：129）認為：東鄉語中的特殊複數成分「-ɕiə」與蒙古書面語複數附加成分「-sə」有同源關係。他從語音對應的關係做了詳細分析〔註2〕。布和（1986：89）也持此觀點，認為複數附加成分「-ɕiə」，或許是從複數附加成分-s演變來的。「-sə」說似乎成為定論，到目前為止，再未報導過東鄉語複數成分「-ɕiə」的來源問題。

據我們對東鄉語、蒙古語等語言的調查發現，東鄉語的複數形式「-ɕiə」與「-sə」並沒有來源上的關係，「-ɕiə」當為借詞，借自漢語的「些」。原因如下：

首先，「-ɕiə」和漢語的「些」語音形式和語法功能有一致的地方，漢語史上的「些」不僅表細小貌、表示少量，有些方言還表示複數，猶「們」。例如：

（36）「婆娘些褲兒一卷，撲過河來拿起梭鏢穿你，連娃兒些都不好

惹。」（沙汀《航線》）原注：「婆娘些：意即婆娘們。」

呂叔湘（1985：401）在肯定「些」是量詞的同時，還指出「這（那）＋些，用作這（那）的複數」。他說「最有意思的是四川話裡可以說「娃兒些」，這些娃兒些」，「些」等於們，跟西方語言的複數語尾尤其相似，肯定「些」是指代詞的複數標記。汪化雲（2010：286）強調，「些」在很多情況下都可以和「們」一樣，表達複數的意義〔註3〕。他認為，從意義的角度看，把「些」與

〔註2〕呼和巴爾指出「-s」和「-ɕiə」兩者的起首是對應的，輔音「s」和「ɕ」的對應現象很普遍，且「iə」的原始形式是「ə」……在現代蒙古語族語言中，帶有「s」或者類似「ɕ」的複數附加成分如「-s」「-sə」「-ɕiə」等都是同一個形式的不同演變或不同變體。

〔註3〕汪化雲：（2010）指出，「些」不能重疊，前面不能出現「一」以外的數詞，修飾名詞的「些」後可以出現量詞，因而「些」不具備量詞的主要特徵。

複數標記「們」歸為一類也是比較恰當的。參考呂叔湘先生的論述和其他漢語方言中「些」的意義，「些」與「們」一樣，具有表示複數的功能。因此，東鄉語的複數附加成分「-ɕiə」借自漢語的「些」也是言之成理，持之有故的。

其次，東鄉語概稱有兩種形式，一種形式是用名詞的詞幹重疊來表示，詞幹重疊時要把後一個詞幹的開頭輔音變為 m，且在重疊的末尾加-ʥi。-ʥi 借自漢語的「的」（甘肅河州話「的」讀為「〔ʥi〕」）。如：

（37）taʂi　石頭　→ taʂi maʂi-ʥi　石頭什麼的

（38）bosi　布　→ bosi mosi-ʥi　布什麼的

（39）sakala　帽子　→ sakala makala-ʥi　帽子什麼的

呼和巴爾（1998：90）指出：另一種概稱形式是加後綴-tən，一般附加在表示人的稱謂、親屬稱謂和人名的後面，表示以所指稱的人為代表的一群人。如：

（40）ʂuʥi（書記）＋-tən → ʂuʥi tən　書記等人

（41）gaga（哥哥）＋-tən → gaga tən　哥哥等人

（42）abudu（阿不都）＋-tən → abudu tən　阿不都等人

需要說明的是-tən 既不能用複數標記-la代替，也不能省用。據我們調查，保安語、土族語等其他蒙古語均無表示概稱的-tən。-tən 沒有任何來源上的印跡，應是東鄉語與漢語接觸的結果。

漢語史上的「等」是由等級引申為助詞、用於名詞或並列詞後表示同樣的人、同類的事物列舉未盡。近代漢語的「等」用於表示儕輩，有「我等」「爾等」「彼等」「公等」之類用法。試分析以下例句：

（43）吾等知大聖連夜追尋，恐大聖不識山林，特來傳報。（《西遊記》第九十一回）

（44）是時天威震怒，喝道：「……爾等尚自巧言令色，對朕支吾。」

（《水滸傳》第八十三回）

「吾等」「爾等」，猶我們、你們。也有「你等」的用法。例如：

（45）穆太公道：「你等如何卻打從那條路上來？」（《水滸傳》第四十一回）

（46）侯封：「你等通風報信來了？」（陳白塵《大風歌》第二幕）

「你等」猶你們，用以指稱同等或同輩的人。

東鄉語概稱複數形式「-tən」借自漢語的「等」。需要說明的是，東鄉語漢

語借詞不分前後鼻音，閉音節只有以「n」結尾的一種形式，沒有後鼻音，這也是東鄉語的音節結構特點之一。例如：

（47）東鄉語 chi ganbi ghala pizhi！（你用鋼筆寫。）

　　　　你　鋼筆　憑藉格　寫

長度單位→ chandu denwi

成長展示→ chin zhan　　zhenshi

莊稼人／農民→zhonjia kun（莊稼＋kun）莊稼人，農民

黑糖／紅糖→heitən

鋼筆的「鋼」、長度單位的「長」、黑糖的「糖」、莊稼的「莊」等均拼讀為「前鼻音」，「等」讀為「-tən」也不是個別現象。

總之，東鄉語概稱的兩種形式「-tən」和「-dʑi」均借自漢語，表示複數的「-ɕiə」為漢語借詞「些」毋庸置疑。

第三，其他接觸語言現象也可印證。意西微薩・阿錯（2001：121）指出，四川一帶倒話的複數形式也用-ɕiə來表示。如：

人→人ɕiə　　　　花→花ɕiə　　　山→山ɕiə

幹部→幹部ɕiə　　碗→碗ɕiə　　　青稞→青稞ɕiə

他認為，四川倒話後綴「-ɕiə」的功能雖然與藏語表複數的語綴「ts'o」的語法功能一致，而實際的語音形式則來源於漢語的「些」。倒話中即使在本來就有複數意義的名詞、甚至漢語式複數人稱代詞之後一般也要加上「-ɕiə」。如「我們-ɕiə」「人家-ɕiə」「樹林子-ɕiə」等。可見，漢語的「些（ɕiə）」不僅被借到了阿爾泰語的東鄉語，而且也輸入到了四川的倒話中。

至於「-ɕiə」可以與東鄉語複數附加成分-la重疊，構成「-ɕiəla」的重疊形式。這是固有的和外來的兩種相同的語法格式的重疊，是漢語與阿爾泰語兩種沒有親屬關係的語言長期共處，互相融合的結果。

重疊是語言接觸過程中的過渡階段，西北漢語方言中此類現象不乏用例，我們僅舉判斷句的重疊予以說明。東鄉語是典型的 OV 型語言，一般判斷句主謂之間不用係詞，而是在句末加助動詞「wo」表示判斷。事實上，而今的東鄉語中，漢語的係詞「是」和東鄉語的助動詞「wo」前後呼應、重複使用。我們引幾例劉照雄（2009：158）《東鄉語簡志》中的例子：

（48）ʂudʑi（ʂu）niə nəngan kun <u>wo</u>.（書記是一位能幹的人。）

    書記　是　一　能幹　人 助動詞（是）

（49）<u>hə</u>（ʂu）　mini gajidʐiao wo.（他是我的哥哥。）

    他　　是　我的　哥哥 助動詞（是）

（50）ənə ʂu noɢosunɢa-la giəsənni wo.（這是用羊毛做的。）

    這　是　羊毛 格標記　做 助動詞（是）

三例句尾的「wo」是表示判斷的助動詞，類似漢語的係詞「是」，因此，人們往往會用漢語的係詞「是」直譯，「書記是一位能幹的人是」，其他兩例類似，組成 VO 和 OV 重疊的格式。因此漢語的「-ɕiə」與東鄉語複數附加成分-la重疊並置，也是語言接觸過程中的過度現象。

四、借用和干擾

語言接觸對語言的影響主要有借用和干擾兩類。借用一般少數民族語言從漢語引進詞匯；干擾則是接受語、如漢語的語法演變受到了少數民族語的影響。

正如我們上面討論的兩種語言，東鄉族的第一語言是東鄉語，東鄉語是母語，也是來源語；東鄉漢語則是接受語。東鄉語中表示複數的標記「-ɕiə」是借自漢語的「些」，屬於借用；而東鄉漢語的從格標記「些」，是東鄉語從格標記「-sə」的音譯和複製，屬於結構的干擾。東鄉語中的「-ɕiə」和東鄉漢語的「些」兩者各司其職，功能固定。前者為名詞的複數形式，後者是名詞的格範疇，兩者不能一概而論。

語言學家 R. M. W. Dixon（2010：28）強調，不同語系表現出共同的區域特徵，是長期持續互動和借用的結果。正如他所說：「每種語言都有可能與其他語言有兩個相似之處：第一個是基因的相似性，它們出自同一種原始語言；第二個是地域的相似性，這是因為各語言在地理上相鄰，相互借用互動造成的」。而語言接觸視角下的甘肅漢語方言還有第三個可能，即巧合導致的相似。

（一）東鄉語中的漢語借詞

東鄉語是受漢語影響最深的蒙古語族語言，漢語借詞比比皆是，隨處可見。早在三十年前，布和（1986：247）就明確指出：東鄉語是蒙古族諸語言中受漢語影響最深的語言之一，漢語的影響幾乎滲透到東鄉語的語音、語法、

詞匯各個系統，尤其是詞匯方面更為明顯。我們先後對《東鄉語詞匯》（布和 1983）和《東鄉語漢語詞典》（陳元龍 2001）中的詞匯進行了調查，前者中的漢語借詞占了 42%，後者高達 58%。在斯瓦迪士（Morris Swadesh）的二百核心詞中，東鄉語中的漢語借詞是 59 個，占 30%，尤其是在後 100 核心詞中，漢語借詞包括了代詞和小的數目詞一、二這些屬於封閉類的詞〔註4〕；當兩種不同類型的語言深度接觸後，還可以借入名詞複數標記、構詞詞綴等。

　　語言接觸的活力會明顯地反映在構詞能力上，東鄉語會根據自己黏著語的特徵，對漢語借詞進行重新分析。吳福祥（2007：7），根據 Thomson（2001）借用層級〔註5〕，詞綴的借用是在第三級「強度較高的接觸」中出現的。如東鄉語除由漢語借詞加東鄉語名詞詞綴之外，還可以由漢語借詞加漢語名詞詞綴「kei／客」「-jia／家」「bao／包」等，構成新的名詞。如：lotokei（買賣駱駝的人）→漢語借詞 loto（駱駝）＋漢語名詞詞綴-kei（客）

　　lotokei（買賣駱駝的人）→漢語借詞 loto（駱駝）＋漢語名詞詞綴-kei（客）

　　dayikei（穿大衣的人）→漢語借詞 dayi（大衣）＋漢語名詞詞綴-kei（客）

　　tujia（屠夫）→漢語借詞 tu（屠）＋漢語名詞詞綴-jia（家）

　　keshuibao（瞌睡包）→漢語借詞（瞌睡）＋漢語名詞詞綴-bao（包）

　　單音節動詞由漢語借詞加漢語「-ji[ʥi]（的）」構成。例如：

amin ho＋ji（賣命的）、bao＋ji（保證／保護）、pan＋ji 判（判的／審判）、bien＋ji（變的、變化）、bin＋ji（冰涼的）、bushi rin＋ji（認錯／賠不是）等等。

　　雙音節動詞由漢語借詞加固有的「-gei（做）」構成新詞：

banli gie（辦理）、banman gie（幫忙）、baonan gie（報案）、lindao gie（領

〔註4〕前 100 個核心詞中，漢語借詞有 17 個，如，gaji（尕的／小）、she zi（蝨子）、ie zi（葉子）、gua zi（瓜子）、gan zi（根子）、zhazi（渣子）、yuan（圓）等；後 100 核心詞中，漢語借詞有 42 個，比前 100 核心詞中的漢語借詞多 25 個。也包括像代詞和小的數目詞一、二這些屬於封閉類的詞，如：bei-zi（背）、xa-song（哈慫／壞）、pianda（諞達／吹）、suo（唆／吸吮）、boji（薄的）、simula（思慕／想）、chuo（戳）、inwei（因為）、chuai（喘／呼吸）等。

〔註5〕借用層級有四級：第一級是偶然接觸，只有非基本詞匯借用；第二級可以借入非基本詞匯，也有少數結構借用；第三級為強度較高的接觸，既可以借用較多功能詞，也可以借用更多結構特徵，如派生詞綴等；第四級為高強度的接觸，可以借用各種詞類和結構。按照 Thomson 的語言借用層級，派生詞綴的借用是在第三級「強度較高的接觸」中出現的。

導）等〔註6〕，例多不勝枚舉，我們不再一一。

（二）東鄉漢語中的母語干擾

語言接觸過程中少數民族語從漢語借入大量的詞匯，相反漢語向少數民族語借入詞匯的情況很少。但是，語言之間的影響是互相的，往往是你中有我，我中有你。少數民族語在某種程度上也會影響漢語，「母語干擾」或「底層干擾」（substratum interference）始終存在。干擾跟借用不同的是，結構是主要的居於支配地位的干擾。干擾的機制是二語習得，即母語使用者在轉用目標語的過程中，將自己母語的一些重要的語法特徵，如名詞的格標記、動詞的體、態、式範疇帶入到他們所習得的目標語中，從而造成了對目標語的干擾。正如甘青河湟地區的方言用「搭／塔」和「啦」對應蒙古語族的與-位格「-da／ta」、工具格「-la」一樣，東鄉漢語用「些」對應東鄉語的從比格標記「-sə」。語言是一個完整的系統，語言接觸產生的影響結果也不會是雜亂無章，而是層次分明、井然有序的，具有一定的規律性和系統性。

綜上所述，類似東鄉語中的「çiə」和東鄉漢語的「些」，這在語言接觸過程中出現的「葉徒相似，其實味不同」的似是而非的現象，我們要順藤摸瓜，剝繭抽絲，既要考慮漢語史上的使用情況，也要考慮語言接觸帶來的影響。如此，才能揭開其神秘的面紗，對其產生變化的複雜因素作出合理解釋。

五、參考文獻

1. 劉照雄，東鄉語簡志〔M〕，（修訂本），載《中國少數民族語言簡志叢書》（修訂本·卷六），民族出版社，2009 年，頁 130、133、158。

2. 徐丹，唐汪話的格標記〔J〕，中國語文，2011 年（2），頁 145～154。

3. 敏春芳，甘青民族地區語言接觸中的「格」範疇〔J〕，民族語文，2014 年（5），頁 44～52。

4. 莫超，東鄉族漢語中「些」、「有」、「啦嗹／嗹啦」、「阿哈」的用法及來源〔J〕，甘肅高師學報，2010 年（6），頁 31～33。

5. 李克郁，青海漢語中的某些阿爾泰語言成分〔J〕，民族語文，1987 年（1），頁 27～31。

6. 席元麟，漢語青海方言和土族語的對比〔J〕，青海民族研究，1989 年（1），頁 90～94。

〔註 6〕如前所述，東鄉語沒有後鼻音。

7. 布和編著，確精扎布校閱，東鄉語和蒙古語〔M〕，呼和浩特：內蒙古人民出版社出版，1986 年，頁 87、89、247。

8. 呼和巴爾，關於東鄉語的複數附加成分——ɕiə〔A〕，甘肅省民族事務委員會，西北民族學院西北民族研究所編，東鄉語論集〔C〕，蘭州：甘肅民族出版社，1988 年，頁 90、126、129。

9. 呂叔湘著，江藍生補，近代漢語指代詞〔M〕，上海：學林出版社，1985 年，頁 70、401。

10. 汪化雲，「些」的詞性〔A〕，劉丹青，漢語方言語法研究的新視角：第五屆漢語方言語法國際學術研討會論文集〔C〕，上海：上海教育出版社，2013 年，頁 282～288。

11. 意西微薩·阿錯，藏漢混合語「倒話」述略〔J〕，語言研究，2011 年（3），頁 109～126。

12. Dixon R M W.Basic Linguistic Theory Volume2：Grammatical Topics〔M〕.New York：Oxford University Press on Demand，2010：28.

13. 吳福祥，關於語言接觸引發的演變〔J〕，民族語文，2007 年（2），頁 3～23。

廣東清遠粵語三類聲母擦音化*

曾建生*

摘　要

　　聲母擦音化就是非擦音聲母變讀擦音聲母，它是輔音的一種弱化現象。清遠粵語
有三類聲母出現了擦音化，這就是非組擦音化、溪母擦音化、精知莊章組非擦音濁母
擦音化。它們之間存在一定區別，但都屬於由語言內部因素引發的演變。

關鍵詞：清遠粵語；聲母；擦音化；自然音變

　　廣東清遠境內漢語方言主要有粵語、客家話、連州土話、閩語潮汕話（鶴
佬話）等，其中粵語、客家話在其 8 個縣（區、市）都有分佈，而以使用粵語
的人口為最多。細分其境內的粵語，清城、英德、佛岡及清新南部粵語屬粵語
廣府片，而連山、連南、連州、陽山及清新北部粵語屬於粵語勾漏片。所謂擦
音化，簡單地說，就是由非擦音主要是塞音、塞擦音等變讀擦音。「塞音、塞擦
音對於語音的繼續的阻力比擦音、鼻音、邊音、顫音大，所以塞音、塞擦音就
比擦音、鼻音、邊音、顫音強。凡是由較強的輔音變為較弱的輔音，也就是由
對於語音的繼續的阻力較大的音改變為對於語音的繼續的阻力較小的音的變化

＊　基金項目：廣東省哲學社會科學「十三五」規劃 2016 年度項目「清遠地區漢語方
　言的接觸與變異研究」（GD16CZW07）；教育部人文社會科學研究 2017 年度規劃項
　目「語言接觸視野下的廣東清遠地區漢語方言研究」（17YJA740003）。
＊　曾建生，男，湖南衡陽人，博士，教授，廣州航海學院馬克思主義學院，研究方向
　為漢語方言學。

就叫做輔音的弱化。」（羅常培，王均202：184）可見，擦音化是輔音的一種弱化現象。本文主要介紹清遠粵語三類聲母的擦音化，它們分別是非組擦音化、溪母擦音化、精知莊章組非擦音濁母擦音化。

一、非組擦音化

「古無輕唇音」，早已是定論。近來有學者更加明確指出：「『古無輕唇音』的『古』，絕不僅限於『上古』，中上古漢語都沒有輕唇音。」（喬金生2013）重唇變輕唇，指的就是重唇音幫組合口三等字輕唇化，分化出輕唇音非組，其中非敷奉母先是分別讀唇齒音 pf、pfʰ、bv，進而繼續演變讀唇齒擦音 f；微母先是讀唇齒鼻音ɱ，進而繼續演變讀唇齒擦音 v。這是漢語方言中普遍存在的一種擦音化，清遠粵語也不例外，不過相對較為緩慢，尤其是微母。

（一）非敷奉母擦音化

非敷奉母字在清遠粵語中多數已擦音化但仍有尚未擦音化而讀重唇的，只是各方言點今讀重唇音字數多少有別。「甫斧孵吠糞墳」，這6個字在普通話中都讀擦音 f 了，而在清遠粵語中則多讀重唇音，當是一種存古現象。

再檢索詹伯慧等（1987、1995、1998）《珠江三角洲方言點字音對照》《粵北十縣市粵方言調查報告》《粵西十縣市粵方言調查報告》，上述6字在珠三角、韶關、粵西粵方言點中，讀音基本上也不外乎只讀重唇、有輕重唇兩讀、只讀擦音這三類情形。但細究起來，不同地區還是存在一定區別的，這6字在清遠、珠三角、韶關、粵西的讀音情況統計如表一［註1］：

表一　清遠、珠三角、韶關、粵西粵語非敷奉母例字今讀聲母情況

	甫	斧	孵	吠	糞	墳
清遠7	pʰ6	pʰ361	p3	p4	p461	p1
			p / f1			

［註1］清新境內南北部粵語有差別，分屬粵語廣府片、勾漏片，此處統計清新未納入。為了討論的需要，將粵北的清遠、韶關這兩個地級行政單位分而言之；將廣州從珠三角析出，單列。pʰ6，表示今讀 pʰ聲母的有6個方言點，其他照此類推；p / f，表示聲母有 p 與 f 兩讀，其他照此類推；ɓ，多來自古幫母，極少數來自非母，《粵北十縣市粵方言調查報告》記作ɓ，下同；吠，清遠7、p4、f2，兩種具體讀音的方言點總數6（4+2），不足7，差額1（7-6）表示清遠7個方言點中有1個方言點讀不出「吠」這個字，其他照此類推。

	f1	f3	f3	f2	f2	f6
廣州 1	p^h1					
		f1	f1	f1	f1	f1
珠三角 24	p^h17	p^h2 p1	p1	p^h1	p^h1	p^h1
	p^h / f1 p / f1	p^h / f2 p / f3	p / f4			
	f3h1	f16	f18 h1	f22 f / v1	f23	f23
韶關 4	p^h2		p1	p2		
	p^h / f1					
	f1	f4	f3	f2	f4	f4
粵西 10	p^h6p3	p^h1p1	p2	p4	p4	p1
		p^h / f1	p / f1	p / f2		
	f1	f7	f7	f3	f6	f9

　　在廣東境內的諸多粵語次方言中，清遠粵語非敷奉母字只讀重唇或有輕重唇兩讀所占比例相對較大，而只讀擦音所占比例相對較小，這就表明，清遠粵語非敷奉母擦音化這一進程相對要慢一些。

（二）微母擦音化

　　微母字在今天的清遠粵語中普遍保持讀重唇 m 聲母，只有「挽」字已經擦音化或零聲母化［註2］。

　　非敷奉母讀輕唇音，微母讀重唇，就形成了「非敷奉明」這樣一種格局，整個粵語區幾乎沒有例外。漢語史上，非敷奉母擦音化而微母保持鼻音乃晚唐五代通語的特徵之一。（王洪君 2009）這在今天的普通話中也有所留存，大致如下：

　　中古以後，重唇音幫滂並明處於合口三等這個音韻地位時，讀輕唇音非敷奉微。以下中古韻攝合口三等領有唇音字：遇合三虞韻（舉平以賅上去入）、蟹合三廢韻（只有去聲）、止合三微韻、咸合三凡韻、山合三元韻、臻合三文韻、宕合三陽韻、通合三東韻、通合三鍾韻，共 9 個韻。其中已經是非敷奉微相配的有：遇合三虞韻、蟹合三廢韻、止合三微韻、咸合三凡韻、山合三元韻、臻合三文韻、宕合三陽韻、通合三鍾韻，共 8 個韻；而通合三東韻唇音字是非敷奉母配明母。「風楓瘋諷福幅蝠複腹」，屬非母；「豐覆（反覆）」，屬敷母；「馮鳳服伏栿復（復原）」，屬奉母；「夢目穆牧」，屬明母。這種情況說明普通話幫滂並母的演變速度比明母快，即在通合三東韻中唇音字幫滂並母已經輕唇化為

［註2］零聲母化是擦音化的後續音變。

非敷奉母了，而明母還是讀重唇。

　　山合三元韻唇音字總體上已經是非敷奉微格局了，但微母字「萬」「蔓」讀輕唇之外，在以下情況下仍讀重唇：「萬俟」這個姓氏中的「萬」讀 mò；合成詞「蔓草」「蔓生植物」「蔓延」等之中的「蔓」讀 màn，「蔓菁」中的「蔓」讀 mán。宕合三陽韻唇音字總體上已經是非敷奉微格局了，但微母字「芒」除在「麥芒」中讀 wáng 之外，仍有重唇一讀。微母字這種輕、重唇兩讀的情況，反映的也是明母的演變不徹底，即前述的幫滂並母的演變速度比明母快。

　　當然，滂並在相關韻攝合口三等中的演變並不是沒有例外即滯後的，如通合三鍾韻敷母字「捧」至今仍只讀重唇，與滂母今讀相同；通合三東韻奉母字「馮」讀輕唇之外，在成語「暴虎馮河」中今讀 píng，聲母同滂母今讀，為陽平調，與並母全濁平聲字清化規律吻合，即重唇並母清化而沒有輕唇化。這說明滂並所統的字也是分批輕唇化的，有的先輕唇化有的後輕唇化，但它們滯後的字從量上來說，要少於明母字，這也印證了明母的演變速度比幫滂並母慢。

　　更特別的是，流開三尤韻唇音字今天也是非敷奉母配明母了。「否富」，屬非母；「副」，屬敷母；「浮婦負阜復（復興）」，屬奉母；「謀矛」，屬明母。按照一般的音變規律，作為開口三等的尤韻唇音字，應該仍然讀重唇。幫滂並母在流攝開口三等中已然輕唇化為非敷奉母，而唯獨明母歸然不動。這更顯示明母的演變速度比幫滂並母慢。

　　以上討論的是普通話中的「非敷奉明」格局。清遠粵語除「挽」字已經擦音化或零聲母化外，其他微母字仍讀重唇，這樣，普通話相關韻的「非敷奉明」格局在清遠粵語中也是「非敷奉明」格局；就連普通話中的「非敷奉微」格局，在清遠粵語中也仍然是「非敷奉明」格局。可見，清遠粵語微母字幾乎沒有擦音化。

　　綜上所述，所謂清遠粵語非組擦音化，主要是指多數非敷奉母字擦音化，而微母字普遍並沒有擦音化，是以呈現「非敷奉明」態勢。

二、溪母擦音化

　　普通話中，溪母字按例在洪音韻母前一般讀 kʰ，在細音韻母前一般讀 tɕʰ。清遠粵語中，溪母字無論在洪細音前都有一部分仍然讀 kʰ，有一部分已讀擦音。

韓秋媚（2012）、何桂榕（2015）曾經分別對清遠境內的連山粵語、連州「四會聲」與清新粵語溪母字今讀的聲母情況進行過統計，現綜合如表二（援引廣州話語料以資比較）：

表二　連山粵語、連州「四會聲」、清新粵語溪母字今讀聲母情況

	讀 kʰ	讀 k	讀 h	讀 f	讀 j／零聲母	讀其他聲母
連山粵語	54%	10%	31%	3%	1%	1%
連州四會聲	45%	8%	36%	7%	2%	2%
清新粵語	28.6%	4%	52.4%	11%	4%	0
廣州話	28%	5%	49%	14%	1%	3%

溪母字保留 kʰ 的讀法的跟已經擦音化的在數量上成反比例關係，讀為 kʰ 的比例越高，已經擦音化的比例就越低。連山粵語、連州四會聲屬於勾漏片粵語，溪母字讀 kʰ 的比例較高，已經擦音化的比例較低；而清新粵語溪母字讀音與此形成反差，讀 kʰ 的比例較低，已經擦音化的比例較高，這與廣州話相仿。

kʰ 是溪母較早層次的讀音，h、f、j 是後續音變的結果。讀 h 的主要是開口字，讀 f 的主要是合口字，讀 j 的主要是少數開口三等字。關於溪母由 kʰ 向 h、f 的音變，王力認為，在送氣作用下塞音脫落，開口字由 kʰ 變為 h，而合口字則由 kʰ 變為 h 再變為 f。（王力 1985：604～605）伍巍認為促成溪母由 kʰ 向 j 這一音變的關鍵是介音 i 的作用。（伍巍 1999）粵語溪母字擦音化後與曉母合併，溪曉母合併後發生的 h、f、j 音變，實際又是一種受韻頭影響而送氣減弱的表現。

有學者認為，「漢語南方方言中送氣音的消失很可能都與古百越語言影響有關」（辛世彪 2005），聯繫其上下文語意，其實質就是將包括粵語溪母字擦音化在內的漢語南方方言中送氣音的消失都定性為接觸性演變。這種觀點有待商榷，要具體方言具體分析。

我們對海南閩語溪母字（當然也包括海南閩語其他送氣音聲母，此處不論及）擦音化是接觸性演變不持異議。海南閩語是福建閩語播遷到海南後在自身因素及當地相關民族語影響下綜合作用形成的；福建閩語溪母字至今沒有擦音化現象，而海南相關民族語如臨高話等是沒有送氣音聲母的，可見海南閩語包括溪母字在內的送氣塞音塞擦音聲母變讀擦音，是語言接觸的結果。（辛世彪 2005）

至於粵語、平話、客家話、贛語等南方方言溪母字擦音化，因這幾大方言主要通行區域連成一塊，很容易將其理解成一種地域性音變，順著這個邏輯，自然又會將其與歷史時期該地域的壯侗語族相關民族語語音特點系聯起來，最終也免不了將這些南方方言溪母字擦音化定性為接觸性演變。果真如此的話，關中方言溪母字「苦褲哭窟」今讀也是擦音聲母（陳榮澤 2014），這怎麼解釋？北京話溪母字「溪墟恢」今讀擦音聲母又怎麼解釋？我們認為，「擦音化是一個輔音弱化的過程，符合語言的『經濟』原則。在這個過程裡，送氣塞音（或塞擦音）逐漸被弱化成為擦音。擦音化在任何語言、方言都可能發生，在哪一組輔音發生也不一律。」〔註3〕據曾建生（2013、2014）研究，通行於今天的廣東江門地區的廣東粵語四邑方言，不光溪母擦音化了，透母（含清化後等值的定母）也擦音化了；其下位的鶴山雅瑤話、開平赤坎話，不光溪透母（含清化後等值的定母平上聲字）擦音化了，滂母（含清化後等值的並母平上聲字）也擦音化了。溪透滂母（含清化後等值的定並母平上聲字）擦音化，是一種平行性音變，反映的是同一音變原理。這樣看來，粵語、平話、客家話、贛語以及關中方言、北京話等溪母字擦音化，應是語言內部因素導致的自然演變，而不是接觸性演變。當然，承認粵語、平話、客家話、贛語溪母字擦音化是自然演變，並非完全排除語言接觸在這一音變過程中起過某種感染作用的可能。我們的意思是，與沒有送氣音聲母的民族語接觸並接受其影響（如果曾經的確如此的話），充其量只能看作是粵語、平話、客家話、贛語這些漢語南方方言中溪母字擦音化的誘因，換言之是個外部因素，而內部因素乃是語言「經濟」原則之輔音弱化，這才是以上這幾種漢語南方方言（海南閩語不含）溪母字擦音化的關鍵。〔註4〕

三、精知莊章組非擦音濁母擦音化

據詹伯慧等（1995）調查，連山布田話絕大多數精清母字讀 t、tʰ，絕大多數從心邪母字讀 θ；而絕大多數知莊章母字讀 tʃ，絕大多數徹初昌母字讀 tʃʰ，

〔註3〕此段文字節錄自 2013 年《語言科學》匿名審稿專家給拙作《廣東四邑方言古溪、透、滂母擦音化》的審稿意見。斗膽掠美，順此致謝！

〔註4〕粵語、平話、客家話的溪母擦音化，普遍是在濁音清化之前完成的；少數贛方言點群母與溪母一同擦音化，則是在濁音清化之後進行的。

絕大多數澄崇船生書禪母字讀ʃ。韓秋媚（2012）對連山吉田粵語進行過調查，並對其精知莊章組濁母今讀聲母類別進行過統計，具體情況見表三。

表三　連山吉田粵語精知莊章組濁母今讀聲母情況

	從母	邪母	澄母	崇母	船母	禪母
總字數	77	44	67	23	21	69
讀擦音字數	θ：66	θ：43	ʃ：44	ʃ：13	ʃ：20	ʃ：59
讀塞擦音字數	tʃ：2	0	tʃ：19	tʃ：6	0	tʃ：7
讀其他音字數	9	1	4	4	1	3

一般認為，《切韻》音系中的澄母是個濁塞音，讀音為 $^*ȡ$；從、崇、船母都是濁塞擦音，讀音分別為 $^*ʣ$、$^*ʤ$、$^*ʥ$；邪、禪母都是濁擦音，讀音分別為 $^*□$、$^*ʑ$。清化之後，澄母變讀清塞擦音，從崇船母一般讀相應的清塞擦音，而邪禪母則讀相應的清擦音。

連山布田、吉田粵語精知莊章組呈二分格局，即精組自成一類，知莊章組合流。這幾組的非擦音濁母從澄崇船母今讀多數為擦音聲母，其中從母讀 θ，與邪母合流；澄崇船母讀ʃ，與禪母合流。歸結到一點，連山粵語精知莊章組非擦音濁母今讀大部分擦音化。

我們調查發現，與之毗連的連南三江「四會聲」也存在這一擦音化現象。我們的調查字數與詹伯慧、韓秋媚有些許出入但並不影響基本結論。該粵語次方言通行於連南縣城三江鎮的聯紅、六聯、東和、新岩等行政村，當地人稱之為「四會聲」，與連州「四會聲」儘管有一定區別，但學界也將其歸為勾漏片粵語。其全濁聲母今讀完全清化，並定群母不論平仄都讀不送氣清塞音〔註5〕；從澄崇船等濁音聲母少數字讀 tʃ、大多數字讀清擦音ʃ，邪禪母讀清擦音ʃ。其精知莊章組濁母今讀聲母類別統計結果見表四：

表四　連南三江「四會聲」精知莊章組濁母今讀聲母情況

	從母	邪母	澄母	崇母	船母	禪母
總字數	73	45	71	23	19	73
讀擦音字數	56	43	35	14	19	70
讀塞擦音字數	11	0	22	3	0	3
讀其他音字數	6	2	14	6	0	0

〔註5〕流深臻等攝開口三等部分見組字有塞擦化現象，當是濁塞音清化後再演變的結果。

從澄崇船等母大多數讀清擦音ʃ，反映出該方言精知莊章組非擦音濁母擦音化。黃拾全等（2012）的相關研究成果提及過連南三江「四會聲」有這一擦音化現象，「從澄崇船邪禪等古全濁舌齒塞擦音、擦音聲母一般為清擦音ʃ」，但未對其進行解釋。

連州境內的清水、麻步兩地「四會聲」船母讀ʃ；同屬於廣東勾漏片粵語的鬱南平台話，精、清母讀t、tʰ，從心邪母讀ɬ（詹伯慧等 1998）。事實上，精知莊章組非擦音濁母擦音化現象在廣西勾漏片粵語中也有發現。蒼梧本地話精母讀t、清母讀tʰ，從心邪母讀擦音ɬ，澄崇生書母讀擦音ʃ。（鐘梓強 2015）賀州本地話精母讀t、清母讀tʰ，知莊章母讀tʃ、徹初昌母讀tʃʰ，從心邪母讀齒間擦音θ，澄崇母一般讀舌葉擦音ʃ，船禪母一律讀舌葉擦音ʒ。（陳小燕 2004）蒙山西河粵語，清母讀tʰ，精從心邪讀ɬ；信都鋪門粵語，從澄崇船都讀擦音。（謝建猷 2007）可見，這種擦音化在兩廣接壤地區的勾漏片粵語中比較常見，帶有一定的地域性。

據謝建猷（2007）、李連進（2000）的調查，從澄崇船等母讀清擦音，在廣西境內的土話、平話、閩語中也有零星分佈。鐘山公安土話、平樂張家土話，從澄崇船都讀擦音。藤縣藤城平話、平樂青龍平話，從母及部分澄崇船母字讀擦音。平南雅埠閩語，精從邪船禪母讀ɬ，清母讀tʰ。

其他漢語方言中從澄崇船母擦音化也不乏其例。湘方言益沅小片有從澄崇船母擦音化等弱化現象（夏俐萍 2012），吳方言從澄崇船母今讀聲母有較明顯的擦音化傾向更是人所共知（錢乃榮 1992），就連普通話中崇船母字也有今讀擦音的（具體情況見下文）。

尉遲治平（1982）認為早在周、隋時期長安方言中船禪兩母已經合流讀濁塞擦音*dʑ〔註6〕，龔煌城（1981）認為十二世紀末漢語西北方言也存在著濁塞擦音變為清擦音的現象。山西方言主體區域的崇船禪母曾有過全部擦音化的歷史。（王臨惠 2004）

有學者研究發現，審母在漢語方言的演變過程中有兩條發展路向：主要的路向是古今都讀擦音聲母，次要的路向就是讀塞擦音聲母。（羅福騰 2018）審母作為擦音在漢語不同方言中尚且有兩條發展演變路向，那麼，從蘊含關係來

〔註6〕這為後續一同擦音化創造了條件，引者注。

看，濁塞擦音在不同方言中演變有讀擦音聲母、塞擦音聲母兩種可能就更不足為奇了。

由以上這些研究成果可以形成這樣的認識，在漢語全濁聲母的演變洪流中，崇船或從澄崇船等濁音聲母主要有兩種演變路徑可選擇：有的繼續讀塞擦音（澄母變讀塞擦音），有的丟失塞音成分而讀成擦音。下面是對普通話中相關聲紐今讀情況的統計：從母 75 字，除「蹲」字外，讀塞擦音 74 字；澄母 72 字，除「瞪」字外，讀塞擦音 71 字；崇母 26 字，讀擦音 4 字、塞擦音 22 字；船母 17 字，讀擦音 14 字、塞擦音 3 字。即便是本來就讀濁擦音的邪、禪母也各有兩種演變去向：邪母 48 字，讀擦音 43 字、塞擦音 5 字；禪母 77 字，讀擦音 53 字、塞擦音 24 字。可見，普通話中從澄母演變路向是只讀塞擦音；崇母演變主要路向是讀塞擦音，次要路向是讀擦音；而邪船禪母演變主要路向是讀擦音，次要路向是讀塞擦音。

由是觀之，清遠連山、連南這幾處粵語的從澄崇船母演變走的就是兩可的路子，說得更具體一點那就是：主要流向是讀擦音，次要流向是讀塞擦音。所以我們認為，其精知莊章組非擦音濁母擦音化應是語言內部因素引發的自然音變，而不是接觸性演變。

精知莊章組的全清、次清聲母並沒有今讀擦音的現象，這就表明，從澄崇船母的擦音化一定跟全濁聲母的清化過程有關，說得更具體一點，就是擦音化在前、清化在後。可見，其知莊章組演變路徑應該是：先合流，再擦音化，最後清化。濁塞音澄母要與濁塞擦音崇船母合流，還得先塞擦音化。這樣，知莊章組非擦音濁母擦音化主要環節有：①澄母塞擦音化；②澄崇船母（知莊章組）合流；③澄崇船母擦音化；④澄崇船禪母清化。再聯繫精組讀音情況一併觀照，精知莊章組非擦音濁母擦音化的大致過程可構擬如圖一或圖二：

精知莊章組非擦音濁母擦音化過程構擬圖一

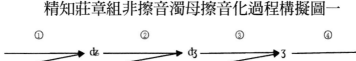

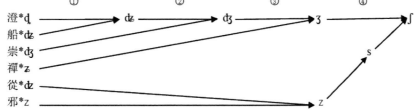

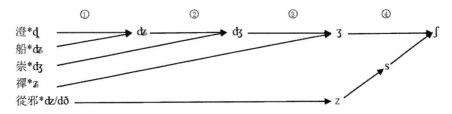

精知莊章組非擦音濁母擦音化過程構擬圖二

老實說，圖一、圖二都比較理想化，實際過程可能遠要複雜。兩圖的區別主要在邪母的演變上。

一般認為中古時期的邪禪母是兩個濁擦音，因此，在精知莊章組非擦音濁母擦音化過程中，從崇船母演變既涉及擦音化又涉及清化，而邪禪母演變只涉及清化而不涉及擦音化，圖一就是基於這一語音前提。

而圖二則基於邪母是濁塞擦音，且從邪合流。這樣，在精知莊章組非擦音濁母擦音化過程中，不光從崇船母的演變既涉及擦音化又涉及清化，邪母的演變也既涉及擦音化又涉及清化。劉濤（2003）、侯興泉（2012）等發現今天的粵語從邪是不分的，進而認為早期粵語的邪母應該也是個濁塞擦音，甚至為其構擬出早期音值*dz／dð〔註7〕。結合精知莊章組非擦音濁母擦音化全域來看，這種觀點如果成立的話，也只改變邪母音變的具體進程，並不影響我們對精知莊章組非擦音濁母擦音化整個過程四個核心環節的討論。圖二的構擬就是基於這樣的研究成果。

四、結　語

討論了清遠粵語三類聲母所存在的擦音化，即非組擦音化、溪母擦音化、精知莊章組非擦音濁母擦音化，我們有以下幾點認識：第一，這三類聲母擦音化呈現出比較明顯的不平衡性。首先，「非敷奉明」格局反映微母擦音化沒有非敷奉母快；其次，漢語方言中，非組擦音化、溪母擦音化相對來說要比精知莊章組非擦音濁母擦音化常見一些。非組擦音化幾乎所有的漢語方言中都有發生，應該與這種擦音化起始時間比較早有一定關聯；溪母擦音化主要見於粵語、客家話、贛語、平話、海南閩語等南方漢語方言，且多數完成於濁音清化之前。精知莊章組非擦音濁母擦音化所呈現出來的面貌比較參差：空間上看，南北方言都有發生；擦音化程度上看，有的方言只是其中某一個非擦音濁母參

〔註7〕這是兩個地域變體，即某地從邪母要麼統讀*dz 要麼統讀*dð，引者注。

與擦音化，有的方言則是幾個非擦音濁母都參與擦音化；還有，就具體的參與擦音化的某個非擦音濁母而言，其所轄的字有的擦音化，有的不擦音化。在兩廣境內，儘管廣西的平話、土語甚至閩語中也有發現，但主要見於兩廣粵語；從澄崇船這幾個濁母在某一方言中一同擦音化，又多見於勾漏片粵語但少見於其他粵語次方言。清遠勾漏片粵語精知莊章組非擦音濁母字擦音化率高過廣州話，更高過普通話，顯示出獨特的個性。第二，非組擦音化、溪母擦音化的這種不平衡性，從空間角度觀察，實際上是權威方言影響的一種反映。就整個漢語而言就是普通話的影響大小問題，就粵方言而言就是廣州話的影響大小問題。非組擦音化粵語沒有普通話快，清遠粵語又沒有廣州話快；溪母擦音化粵語比普通話快得多，廣州話比清遠粵語快得多。第三，權威方言對其周邊地域方言施加影響時，呈現出一種層級性特點。由表二可以看出，清遠粵語溪母字擦音化在量上自南而北呈遞減趨勢：與廣州相距越遠，受廣州話的影響就越小，其溪母字演變速度就越慢，擦音化程度就越低。非敷奉母擦音化也有類似情形，參見表一相關例字在清遠、廣州的讀音。第四，清遠粵語這三類聲母擦音化，從發生學角度來說應該都是由語言內部因素所引發的自然音變，但在實際演變過程中又不能完全排除其他方言的影響尤其是權威方言的影響，如第二點、第三點所說。在各種因素的綜合作用下，清遠南北兩半部的粵語之間差別明顯，是以被劃歸為兩個粵語次方言，這就是本文開頭所交代的粵語廣府片和粵語勾漏片。

五、參考文獻

1. 羅常培，王均，普通語音學綱要〔M〕，北京：商務印書館，2002 年，頁 184。
2. 喬全生，古無輕唇音述論〔J〕，古漢語研究，2013 年（3），頁 16～25。
3. 詹伯慧，張日昇，珠江三角洲方言字音對照〔M〕，廣州：廣東人民出版社，1987 年。
4. 詹伯慧，張日昇，粵北十縣市粵方言調查報告〔M〕，廣州：暨南大學出版社，1995 年。
5. 詹伯慧，張日昇，粵西十縣市粵方言調查報告〔M〕，廣州：暨南大學出版社，1998 年。
6. 王洪君，兼顧演變、推平和層次的漢語方言歷史關係模型〔J〕，方言，2009 年（3），頁 204～218。
7. 韓秋媚，連山話語音研究〔D〕，廣州：華南師範大學碩士學位論文，2012 年。

8. 何桂榕，廣東清新粵語語音研究〔D〕，廣州：暨南大學碩士學位論文，2015 年。

9. 王力，漢語語音史〔M〕，北京：中國社會科學出版社，1985 年。

10. 伍巍，廣州話溪母字讀音研究〔J〕，語文研究，1999 年（4），頁 45～53。

11. 辛世彪，海南閩語送氣音的消失及其相關問題〔J〕，語言研究，2005 年（3），頁 102～111。

12. 陳榮澤，關中方言古溪母字「苦褲哭窟」的白讀音〔J〕，西藏民族學院學報，2014 年（6），頁 123～127。

13. 曾建生，廣東四邑方言的塞音聲母〔J〕，語言研究，2013 年（2），頁 50～53。

14. 曾建生，廣東四邑方言古溪、透、滂母擦音化〔J〕，語言科學，2014 年（1），頁 96～104。

15. 黃拾全，劉磊，廣東連南粵語的語音特點〔J〕，河池學院學報，2012 年（3），頁 12～17。

16. 鐘梓強，廣西蒼梧本地話音系〔J〕，方言，2015 年（2），頁 177～192。

17. 陳小燕，賀州本地話音系及其特點〔J〕，廣西師範大學學報，2004 年（2），頁 63～66。

18. 謝建猷，廣西漢語方言研究〔M〕，南寧：廣西人民出版社，2007 年。

19. 李連進，平話音韻研究〔M〕，南寧：廣西人民出版社，2000 年。

20. 夏俐萍，益沅小片湘語古全濁聲母的弱化現象〔J〕，語言科學，2012 年（1），頁 60～70。

21. 錢乃榮，當代吳語研究〔M〕，上海：上海教育出版社，1992 年。

22. 尉遲治平，周、隋長安方音初探〔J〕，語言研究，1982 年（2），頁 18～33。

23. 龔煌城，十二世紀末漢語的西北方音〔C〕，歷史語言研究所集刊（52 本 1 分），1981 年，頁 37～78。

24. 王臨惠，論山西方言崇船禪三母的擦音化現象〔J〕，語文研究，2004 年（3），頁 49～52。

25. 羅福騰，「產」字聲母演變的時間線——從所簡切到楚簡切〔J〕，中國語文，2018 年（2），頁 131～143。

26. 劉濤，粵語邪母字的讀音研究〔J〕，語文學刊，2003 年（2），頁 41～45。

27. 侯興泉，論粵語和平話的從邪不分及其類型〔J〕，中國語文，2012 年（3），頁 266～275。

試論漢語「已然」範疇的三個主要來源

杜道流*

摘　要

　　文章把現代漢語中「了」標示的動態範疇稱作「已然」範疇，認為其來源與「完成動詞（已、訖、了）」、「得失動詞（得、取、卻）」、「移位動詞（過、來、去）」等三類詞語的語法化均有關聯。不過，由於和其它詞語相比，「了」的範疇義的明確程度更高，且在語法化過程中其功能始終較為單一，而其它詞語則大多出現多功能、多方向發展的情況，使得「了」最終取代了其它詞語成為該範疇的唯一標記。

關鍵詞：「已然」範疇；來源；完成動詞；得失動詞；移位動詞

一、引　言

　　關於現代漢語中「了」標示的動態範疇，學界有不同的說法，有的稱作「完成」（貌、體、態）範疇，有的稱作「實現」（貌、體、態）範疇，還有的稱作「變化」、「界變」（貌、體、態）範疇。為了避免因術語的分歧造成的麻煩，本文採用徐赳赳（1994）的處理辦法，將其稱作「已然」範疇。

　　對「已然」範疇的來源，自王力（1980）起不斷有學者進行探討，其中作專門考察和討論的有梅祖麟（1981）、劉堅等（1992）、曹廣順（1995）、李訥，

* 杜道流，1966 年生，男，漢族，安徽含山縣人，文學博士；淮北師範大學語言研究所所長、教授；安徽省省級教學名師、省級高校學科拔尖人才。主要研究方向為漢語史、漢語語法學。

石毓智（1997）、吳福祥（1998）、蔣紹愚（2001）、石鋟（2015）等。不過，以往的這些探討大多是建立在「了」的語法化及其所在格式的演變發展基礎上的，其中以梅祖麟比較有代表性，他認為現代漢語的表「完成」的格式來源於「動＋賓十完成動詞」這個句式。然從語言發展的實際情況來看，漢語「已然」範疇的形成過程比梅氏所論要複雜得多。事實上，劉堅等（1992）、曹廣順（1984，1995）、吳福祥（1996）都曾介紹過漢語「已然」範疇形成早期的一些除「了」以外的詞語作為「完成」體標記的使用和發展情況，如果我們對這些早期的標記詞語進行分類，就不難發現，這些詞語除了梅先生所說的「完成動詞（訖、畢、已、竟、了）」之外，至少還可以再分出「得失動詞（得、取、卻）」和「移位動詞（過、來、去）」兩個類別。我們認為，語法範疇的形成必然涉及到語法意義的抽象化和標記手段的語法化兩個方面，探究「已然」範疇的來源，必然要考慮所有標記詞語的使用和發展情況及其與範疇義的概括化過程的關係。下面試作考察。

二、完成動詞的「已然」標記化及其發展

關於完成動詞發展成「完成體」標記問題的研究已經有了不少成果，但存在一定分歧。如梅祖麟（1981：74）認為完成體標記的源頭是「訖、畢、已、竟」，蔣紹愚則認為「更準確地說，『了』的前身只是『已』」。吳福祥（1998）曾給出了漢語完成體助詞語法化過程的鏈條模式：結果補語〉動相補語〉完成體助詞。同時吳福祥（1998：457）指出：「動相補語居於虛化鏈的中段，顯然是一種虛化中的語法成分。由於動相補語是一種處於虛化過程之中的語法成分，所以不同的動相補語或者同一動相補語處在不同的虛化階段，往往顯示出不同的虛化程度。有的動相補語還帶有明顯的『結果』義，虛化程度較低，性質近於結果補語，……。有的動相補語已完全失去『結果』義，只表示實現或完成，虛化程度甚高，性質近於完成體助詞……」我們以吳福祥的鏈條模式為依據對梅祖麟所列的完成動詞進行考察，以是否發展到動相補語階段為標準，來判斷某一動詞是否與體標記有聯繫。下面我們通過對專書的調查來對有關問題進行探討。

《敦煌變文》中表示完成義的「竟」有 49 例，「訖」有 87 例，「畢」有 40 例，「已」有 450 例。其中「竟」和「畢」只有動詞和副詞兩種用法，顯然該書

中的「竟」、「畢」與動態範疇無關;「訖」和「已」的一些用例則值得注意:

(1) 梁王啟大將軍曰:「此酒食可供將軍兵事(士)。」子胥既見此言,即令兵眾飽食。兵事食<u>訖</u>。(《伍子胥變文》)

(2) 景帝收表<u>訖</u>,忽然不見孝真,景帝驚怪曰:「宇宙之內,未見此事。」(《搜神記》)

(3) 善友既蒙龍王差鬼兵送出海岸,送<u>已</u>卻回。(《雙恩記》)

(4) 母<u>聞說已</u>,怒色向兒:「我是汝母,汝是我兒,母子之情,重如山嶽,出語不信,納他人之閑詞,將為是實。」(《目連緣起》)

例(1)、(3)為「動+完成動詞」格式,例(2)、(4)為「動+賓+完成動詞」格式。例(1)、(2)中的「訖」和例(3)中的「已」均含有一定的「完了」或「結束」義,為動相補語;例(4)的「已」和現代漢語中表「已然」的體助詞「了」已經高度接近了,應該是已然範疇標記,不過蔣紹愚(2001)認為「已」和「了」還略有不同,「已」具有「絕對分詞」性質。

《敦煌變文》中出現「了」293例,但絕大多數為動詞用法。也存在一些「動+賓+完成動詞」格式,如:

(5) 子胥<u>解夢了</u>,見吳王嗔之,遂從殿上褰衣而下。(《伍子胥變文》)

(6) <u>作此語了</u>,遂即南行。(《伍子胥變文》)

這些「了」應該是完結動詞,還沒有虛化,但處於第二動詞位置,為虛化提供了句法條件。下面的這些用例則非常值得注意,如:

(7) 自家<u>見了</u>,尚自魂迷;他人睹之,定當亂意。(《維摩詰經講經文‧五》)

(8) 長者身心<u>歡喜了</u>,持其寶蓋詣如來。(《維摩經押座文》)

這裡的「了」已經高度虛化,完全可以看成「已然」範疇標記。而下面的用例則更有意思:

(9) 尋時<u>縛了彩樓</u>,集得千萬在室女,太子即上彩樓上,便思(私)發願:若是前生合為眷屬者,知我手上有指鐶之人,即為夫婦。(《悉達太子修道因緣》)

(10)〔吟斷〕<u>說了夫人</u>及大王,兩情相顧又回惶。(《歡喜國王緣》)

「了」不僅表示「已然」而且後面帶了賓語,很顯然,該例中的「了」和現代漢語中表動態的「了」已無太大區別。不過,類似的用例極少,說明「了」

作「已然」體標記此時還處於發展初期。

《朱子語類》中不見「已」、「竟」作為表示完成義補語或助詞出現的用例，然出現「訖」、「畢」作為動相補語的用例，如：

（11）言畢，再三誦之。（卷七十五）

（12）先生以禮鑰授直卿，令誦一遍畢。（卷八十六）

（13）語訖，若有所思然。（卷六十三）

（14）每看一代正史訖，卻去看通鑒。（卷一百一十七）

《朱子語類》中「畢」作補語的用例大量增加，說明有虛化的跡象，但仍沒有發現「畢」充當動態助詞的用例，且和《敦煌變文》相比，「訖」的用例也大大減少，這說明，「訖」在《朱子語類》中語法化已經停止，在後來的文獻中我們也沒有發現這兩個詞語作動態助詞的用法。這種情況印證了蔣紹愚先生認為此類完成動詞與完成體助詞「了」沒有聯繫的觀點。

《朱子語類》中「了」有少量仍用作動相補語，如：

（15）關了門，閉了戶，把斷了四路頭，此正讀書時也。（《讀書法上》）

從上下文的意思看，「關了門」表示的是「關上門」，「閉了戶」是「閉上戶」，「把斷了四路頭」意思是「把斷掉四路頭」。不過，「了」除含有表示上述動相的意味外，也蘊含著動作的完成或實現，只是其虛化程度又遠遠不如表示「已然」的體助詞「了」，是一種半虛化的狀態，句法上可以看作動相補語。

《朱子語類》中「了」絕大多數用作「已然」體助詞，如：

（16）周世宗取三關，是從御河裡去，三四十日取了。（卷二）

（17）武侯區區保完一國，不知殺了多少人耶？（卷十八）

例（16）「了」後不帶賓語，例（17）「了」後則帶有賓語，均表示動作行為的「完成」或「實現」。此外，書中還有不少「了」位於形容詞和動賓（補）結構後的用例：

（18）以下人不能識得損益之宜，便錯了，壞了，也自是立不得。（卷二十四）

（19）他自是做一番天地了，壞了後，又恁地做起來，那個有甚窮盡？（卷二十七）

（20）別人不曉禪，便被他謾；某卻曉得禪，所以被某看破了。（卷四十一）

例（18）「了」跟在形容詞後表示「變化」；例（19）加著重號「了」跟在賓語後面，例（20）「了」跟在補語後面，不少學者將後二者看作語氣詞或「了1＋了2」，我們將其統一看成「事態」助詞，歸入「已然」範疇。

不難看出，《朱子語類》中「了」已具有現代漢語中「已然」標記「了」的主要用法形態，說明到此為止，來自完成動詞的「已然」標記的語法化過程已初步實現。

《元刊雜劇三十種》不僅不見「已」、「竟」作為表動態標記的用例，「訖」和「畢」也基本退出動態範疇的標記系統，「了」成為完結類詞語中標記「已然」範疇的主要詞語。元雜劇中的「了」有大量作為動詞的用例，主要出現在舞臺提示中，可能與文體有關。此外，「了」主要用作動態助詞，未發現有作動相補語的用例，說明「了」向專職助詞方向發展又更進了一步。元雜劇中「了」主要用作表示「已然」。如：

(21) 車駕起行了，傾城的百姓都走，俺隨那眾老小每出的中都城子
　　 來。（《閨怨佳人拜月亭》）

(22)〔柳葉兒〕吃了頓黃粱仙飯，強如煉葛洪九轉靈丹。（《陳季卿悟
　　 道竹葉舟》）

(23) 我眼懸懸整盼了一週年，你也枉把你這不自由的姊姊來埋怨。
　　 （《閨怨佳人拜月亭》）

(24) 炳靈公聖裁，小龍王性乖，無半時摔碎了你天靈蓋！（《小張屠
　　 焚兒救母》）

(25) 早起天晴，如今陡恁的好雨，衣裳行李都濕了，且是無躲雨處。
　　 （《張鼎智勘魔合羅》）

(26)〔鬼三台〕女孩兒言著婚聘，則合低了胭頸，羞答答地嗓聲，
　　 剗地面皮上笑容生，是一個不識羞伴等。（《詐妮子調風月》）

(27) 大丈夫英勇結英豪，聖人言有道伐無道。把傳家兒絕嗣了，天
　　 呵！嚴霜偏殺無根草！（《冤報冤趙氏孤兒》）

(28)（正末扮岳飛魂子引二將上，開）某三人自秦檜屈壞了，俺陽
　　 壽未終，奉天佛牒，玉帝敕，東嶽聖帝教，來高宗太上皇托夢
　　 去。（《地藏王證東窗事犯》）

以上各例中的「了」幾乎分別佔據了現代漢語中「了」所能分佈的各種句

法位置：例（21）為「動＋了」格式，例（22）為「動＋了＋賓」格式，例（23）為「動＋了＋補」格式，例（24）為「動＋補＋了＋賓」格式，例（25）為「形＋了」格式，例（26）為「形＋了＋賓」格式，例（27）為「動＋賓＋了」格式，例（28）為「動＋補＋了」格式，可以說，到元雜劇時代，「了」已經具備了現代漢語中「了」的全部功能。

除表示「已然」外，我們還發現元雜劇中「了」還有少量的如下用例：

（29）〔菩薩梁州〕卻待盼望程途，肯分截著走路。正打你行過去，若拿不著怎地支吾？（等云了）那二十來個敗殘軍，你敢拿不住？（張飛云了）張將軍咱兩個立˙文書，那夏侯惇你手裡若親拿住，（張飛云了）則怕踏盡鐵鞋無覓處？（張飛云了）若違犯後不輕恕！（張飛云了）若得勝，交你腰間掛˙了虎符，若不贏交你識我斬砍權謀。（《諸葛亮博望燒屯》）

（30）（末云）岳大嫂，我從頭說與你一遍。我死了˙三日，你燒了˙我屍首。（《岳孔目借鐵拐李還魂》）

（31）左右，也不必等待雪晴，便與我抬他屍首，還˙了那蔡婆婆去罷。（《感天動地竇娥冤》）

（32）不付能這性命得安存，多謝˙了煙火神靈搭救了人。（《晉文公火燒介子推》）

（33）（末扮呂馬童上，云）怎想今日，烏江岸上，九里山前，送˙了你呵！（《蕭何月夜追韓信》）

例（29）、（30）、（31）中加著重號「了」前的動詞所表示的動作行為或狀態均沒有真實發生或實施，還處於一種「未然」狀態；例（32）、（33）中「了」前動詞表示的動作行為說話時正在實施，是「當然」行為。現代漢語普通話中一般沒有這兩種的用法。在此前的文獻中我們也沒發現有類似的用例。因此，我們不妨把這些現象看作是「了」作為專職化動態助詞早期功能不太穩定情況下的一種功能「外溢」現象。

三、得失動詞的「已然」標記化及其發展

近代漢語中，表示「獲得」、「獲取」義的「得、取」、表示「失去」「退卻」義的「卻」（本文將其統稱為「得失」類詞語）曾大量出現在表示動態範疇的

語法環境中，雖然在現代漢語中已找不到這類詞語作為動態標記的痕跡，但在《敦煌變文》、《朱子語類》等文獻中卻大量存在，有的甚至被曹廣順（1995：10）認為是「表示完成體的主要手段」。先來看《敦煌變文》中的用例：

（34）若廣引持經現世、駛驗、及當得菩提，可無盡也。（《金剛般若波羅蜜經講經文》）

（35）自從渾沌已來，到而今留得幾個，總為灰爐，何處堅牢。（《不知名變文・二》）

（36）直須認取浮生理，不要貪闐（填）沒底坑。（《妙法蓮華經講經文・二》）

（37）終朝散日死王摧，何所棲心求解脫，聽取維摩圓滿教，不受阿毗罪報身。（《維摩詰經講經文・三》）

（38）我等三人總變卻，豈合不遂再歸程。（《破魔變文》）

（39）茶吃只是腰疼，多吃令人患肚，一日打卻十杯，腸脹又同衙鼓。（《茶酒論》）

這些用例中的「得」、「取」、「卻」雖然都還含有一定的「得到」或「失去」義，但主要是表示動作行為的「完成」或「實現」，應該可以看作是「已然」標記詞。實際上，在比《敦煌變文》更早的一些唐代作品中，「得失」類詞語表示動態義的用例已大量存在。曹廣順（1995：17～21）即將「卻」、「得」、「取」歸入動態助詞，並指出「助詞『卻』的產生，是漢語發展史上一個重要變化，它改變了過去漢語中以副詞、時間詞語或結果補語、表示完成義的動詞來表達動態完成的方法，產生了一個新的詞類和新的語法格式。」「唐代以後，漢語完成態助詞有所更替，但由『卻』奠定的完成態助詞的功能、意義，以及兩種語法格式始終沒有改變。」

（40）漢帝不憶李將軍，楚王放卻屈大夫。（李白《悲歌行》）

（41）林花撩亂心指愁，卷卻羅袖談箜篌。（盧仝《樓上女兒曲》）

（42）嫁取個有情郎，彼此當年少，莫負好時光。（明皇帝《好時光》）

（43）既稱絕世無，天子何不喚取守京都。（杜甫《戲作花卿歌》）

（44）閉門私造罪，准擬免災殃。被他惡部童，抄得報閻王。（拾得《諸佛留藏經》）

（45）我見一癡漢，仍居三兩婦。養得八九兒，總是隨宜手。（寒山

《我見一癡漢》）

如果將這幾例中的加著重號的成分用「已然」體助詞「了」替換，句子的意義均不會有太大的改變，因此，將它們看作表「已然」的標記應該沒有大問題。不過，唐代「得失」類詞語標記「已然」義時存在一定的分工，通常情況下，「取得」義詞傾向於用來表達積極義，「失去」義詞傾向於表達消極義。如：

（46）二月賣新絲，五月糶新穀。醫得眼前瘡，剜卻心頭肉。（聶夷中

《詠田家》）

該詩中「醫眼前瘡」是好事，用「得」標記動態；「剜心頭肉」不是好事，用「卻」標記動態。再看下面兩個例子：

（47）薄雪燕蓉紫燕釵，釵垂篋簌抱香懷。一聲歌罷劉郎醉，脫取明

金壓繡鞋。（李郢《張郎中宅戲贈二首》）

（48）旁看甚可畏，自家困求死。脫卻面頭皮，還共人相似。（王梵志

《天下惡官職》）

例（47）描述的是歡娛的場景，用「取」標記「脫」的動態；例（48）的詩意具有消極傾向，則用「卻」標記「脫」的動態。這說明，唐代「得失」類詞語作為動態標記仍具有一定的動相義。此外，值得注意的是除少數用例如例（38）外，它們後面絕大多數帶有賓語或補語，這正好和由「完成動詞」而來的標記很少帶賓語或補語的用法形成句法互補。

《朱子語類》中「得失」類詞語作「已然」標記的情況出現了一些變化，主要表現為「得」出現在動作行為沒有真實發生的句子中，表示一種假設的將來的完成或實現，同時「取」、「卻」作動態標記的用法的用例大幅下降。不過，在這一階段，這類詞語仍然是作「已然」範疇標記的重要手段。如：

（49）有如此道理，便做得許多事出來，所以能惻隱、羞惡、辭遜、

是非也。（卷四）

（50）旁人見得，便說能成仁。（卷一）

（51）但只於這個道理發見處，當下認取，簇合零星，漸成片段。（卷

第一百一十七）

（52）今人以邪心讀詩，謂明哲是見幾知微，先去占取便宜。（卷八十

一）

（53）設醮請天地山川神只，卻被小鬼汙卻，以此見設醮無此理也。

　　（卷三）

（54）先生曰：「趕翻卻船，通身下水裡去！」（卷一百一十四）

和《敦煌變文》不同的是，《朱子語類》中得失類詞語作「已然」標記出現了不少不帶賓補成分的用例，如例（50）、（51）、（53），從句法功能的角度說，這類詞語與完成類詞語的功能邊界模糊了。

到元雜劇中，得失類詞語作為動態標記又產生了重要變化，主要表現在「得」的書面形式分化為「得」、「的」兩種形式，「取」、「卻」作「已然」體標記用例大幅減少，出現了衰落趨勢。下面是我們在《元刊雜劇三十種》中調查到的用例：

（55）〔調笑令〕這廝短命，沒前程，做得個輕人還自輕。（《詐妮子調風月》）

（56）虜得些金枝玉葉離了鄉黨，若不是泥馬走康王。（《地藏王證東窗事犯》）

（57）與你些打眼目衣服頭面，妻也，守志殺剛捱的滿三年。（《岳孔目借鐵拐李還魂》）

（58）想自家空學的滿腹兵書戰策，奈滿眼兒曹，誰識英雄之輩？（《蕭何月夜追韓信》）

（58）〔後庭花〕我往常笑別人容易婚，打取一千個好噓噴。（《詐妮子調風月》）

（60）有一日拜取與劉大元帥，試看雄師擁麾蓋。（《醉思鄉王粲登樓》）

（61）失卻龍駒怎戰爭，別了虞姬那痛增。（《蕭何月夜追韓信》）

（62）空喂得那疋戰馬咆哮，劈楞簡（鐧）生疏卻，那些兒俺心越焦。（《尉遲恭三奪槊》）

和《朱子語類》不同的是，元雜劇中這類標記後大多帶賓語或補語，體現了一種「復古」傾向。說明當動詞後不帶賓補成分時，「得失」類詞語作「已然」標記在和「了」競爭中處於劣勢。

四、移位元動詞的「已然」標記化及其發展

在漢語動態範疇的發展史上，表示位置移動的詞語「過、去、來」（本文統

稱為「移位」類詞語）等也曾虛化充當「已然」範疇的標記，不過，就使用頻率而言，它們的使用數量要低於其它兩類詞語，在競爭中處於劣勢。這類詞的虛化時間較晚，在《敦煌變文》中只有一些萌芽。我們先來看「過」的用例：

（63）哀哀慈母號青提，亡過魂靈落於此。（《大目干連冥間救母變文》）

（64）先亡父母及公婆，亡過父母及（姊）妹，願降道場親受戒，不

　　　墮三塗地獄中。（《押座文》）

這兩例中的「亡過」即「死了」的意思。《敦煌變文》中與「已然」義有關的「過」只出現在「亡」後面。不難看出，上面的用例在「亡過」後面皆另有所述，來解釋或描述「亡」以後發生的情況，聯繫上下文來看，這些用例中的「過」都具有「過後、以後」的意味，因此我們認為將其看作「時間補語」或表時間的「動相補語」似乎更為合適。因此，只能作為語法化的萌芽看待。

《敦煌變文》中「去」表「已然」義的用法的極少，僅見 5 例，吳福祥[11]曾列舉三例：

（65）耶娘年老惛迷去，寄他夫人兩車草。（《孔子項托相問書》）

（66）〔去花詩〕：一花卻去一花新，前花是價（假）後花真；假花上

　　　有銜花鳥，真花更有彩（採）花人。（《下女夫詞》）

（67）老去和頭全換卻，少年眼也擬（椀）掜將。（《地獄變文》）

這裡再將另外兩例補出：

（68）走去心中常憶念，佛前發願早歸來。（《盂蘭盆經講經文》）

（69）其妻見兒被他賣去，隨後連聲喚住，肝腸寸斷，割妳身亡。

　　　（《孝子傳》）

以上諸例中「去」都可以用現代漢語中的「了」替換，不過，和「了」純粹表示「實現」不同，這裡的「去」仍帶有「失去」、「離去」等動相義，可以和下例作比較：

（70）阿耶賣卻孩兒去，賢妻割妳遂身亡。（《孝子傳》）

例（70）中「賣卻孩兒去」和例（69）中「（孩）兒被他賣去」意義基本相同，不同的是後者只用了一個虛化的助詞「去」，前者則既用了一個表示動態的助詞「卻」，後又用了一個相當於動相補語的「去」。這說明，《變文》中「去」作為動態標記的語法化程度還較低。

　　《敦煌變文》中「來」作為「已然」範疇標記的用例相對較多，比較明確的有 14 例。請看下面的例子：

　　　（71）村人曰：「其女適與劉元祥為妻，已早死來三年。」（《搜神記》）

　　　（72）天公見來，知是外甥，遂即心腸憐湣，外乃教習學方術伎藝

　　　　　　能。（《搜神記》）

　　這裡的「來」都能用現代漢語中表示「已然」的體助詞「了」替換，說明其語法化程度已經比較高了。

　　到《朱子語類》時代，與「已然」範疇有關的位移動詞的語法化程度進一步提高，如：

　　　（73）「敬」字，前輩都輕說過了，唯程子看得重。（卷第十二）

　　　（74）有人云：「草草看過易傳一遍，後當詳讀。」（卷第六十七）

　　　（75）觀書，須靜著心，寬著意思，沉潛反復，將久自會曉得去。（卷

　　　　　　十一）

　　　（76）若是等待，終誤事去。（卷十四）

　　　（77）但略略收拾來，便在這裡。（卷六十二）

　　　（78）如八陵廢祀等說，此事隔闊已久，許多時去那裡來！（卷一百二

　　　　　　十七）

　　例（73）、（74）中「過」表示動作的完畢，楊永龍（2001）等人將其看作表「完成體」助詞，不過這種「過」只能表示「完成、結束」[13]，不能表示「實現」，我們將其看作動相補語，這種用例的出現，說明現代漢語中表示「完結」義的「過」在此時已經產生了。例（75）、（76）中的「去」似乎都可以用「了」替換，但仍帶有一定的「趨向」義，這是它們和「了」不同的地方，說明這兩個「去」的體標記化的程度還比較低。例（77）中「來」位於動詞後面表示動作行為「實現」，是「動態」助詞；例（78）位於動賓短語後面，表示事情或情況「已經發生」，可看成「事態」助詞。這兩例中「來」都是表示「已然」的範疇標記。

　　《元刊雜劇三十種》中「移位」類詞語的作動態標記不夠活躍，表現為「過」和「來」作為動態標記的用例很少，「去」作為動態標記的用法消失。先來看「過」用例：

（79）我便收撮了火性，鋪撒了人情，忍氣吞聲，饒過你那廝人不志

誠。（《詐妮子調風月》）

（80）一頭裡亡過夫主，散了家緣，兄弟呵！（《岳孔目借鐵拐李還魂》）

這兩例中「過」可以用「了」替換，表「實現」，可以看作表完結義「過」的進一步虛化。不過和「了」不同的是，這類「過」仍有一定的「趨向」或「失去」義。元雜劇中這種用法極少，我們在《元刊雜劇三十種》中只找到 3 例，這種極低的使用頻率可能是這種用法沒有發展到現代漢語中來的原因。

和其它「移位」類詞語相比，元雜劇中「來」作「已然」標記的用例相對較多，《元刊雜劇三十種》中比較明確的用例有 14 例。如：

（81）（劉封上，見住了）（云）劉封，吾計中用來未？（《諸葛亮博望燒

屯》）

（82）〔四煞〕待爭來怎地爭，待悔來怎地悔？（《詐妮子調風月》）

例（81）、（82）「來」都表示動作行為「實現」，是「已然」範疇標記，但值得注意的是例（82）「來」出現在「待 V 來」格式中，表示「將來完成（或實現）」。

從句法表現看，「過」作已然標記時「V 過」後通常帶賓語；而「來、去」作已然標記時「V 來／去」後通常不帶直接成分，造成了「來／去」常位於分句或全句末尾的現象，為「來」向「事態助詞」（也有人認為是語氣詞）方向發展提供了句法條件（「去」則退出了動態範疇標記系統）。

五、從範疇來源看漢語「已然」範疇的形成機制

關於「已然」範疇的形成機制問題學界討論較為熱烈，論者主要從現代漢語「已然」體助詞「了」產生和發展的過程入手進行探討的，但分歧較多。梅祖麟（1981）認為，現代漢語完成貌的形成可以分成兩個階段：從南北朝到中唐，「動＋賓＋完成動詞」這個句式早已形成，但南北朝表示完成主要是用「訖、畢、已、竟」，後來詞彙發生變化，形成唐代的「動＋賓＋了」。從中唐到宋代，完成貌「了」字挪到動詞和賓語之間的位置。梅先生的這個意見引起了一系列的爭議：一是「動＋了＋賓」是不是由「動＋賓＋了」中「了」的「前挪」發展而來的。梅先生本人持「前挪」說，提出「已然」範疇的形成機制為結構類推；曹廣順（1986）、劉堅等（1992）以「前挪」說為前提，認為

「已然」體標記產生機制為詞彙替代；李訥、石毓智（1997）和吳福祥（1998）則持「加賓」說，即「動＋了＋賓」來源於『動了』＋賓語」，所不同的是李訥、石毓智認為「『動了』＋賓語」中的「了」在帶賓語前已經是體標記了，吳福祥則認為存在一個「〔動＋了動相賓語〕＋〔賓〕〉〔動＋了＋賓〕」過程。二是「訖、畢、已、竟」等完成動詞和「了」有無聯繫。大多數研究者對梅祖麟的看法沒有提出質疑，蔣紹愚（2001：73～87）則認為「『V／訖／竟／畢』都可以翻譯成現代漢語的『V完』。」「更準確地說，『了』的前身只是『已』。」「『已』本是梵文的『絕對分詞』的翻譯，表示做了一事再做另一事，或某一情況出現後再出現另一情況，進入漢語後，也可以表示動作的完成。」三是「動＋了＋賓」出現的時間問題。曹廣順（1986：196）認為「從宋初起，『了』已用作完成貌助詞，用於『動了賓』格式」，李訥、石毓智（1997）也持「宋初說」；不過，吳福祥（1996，1998）分析了一些出現在唐五代文獻中出現的「動了賓」格式的用例，同時吳福祥（1998：459）又指出「唐五代文獻裡，能被確認為『動了賓』格式的用例是比較少見的。」石鋟（2015：238）則認為「晚唐五代的『動詞＋了＋賓語』結構中的『了』是補語，北宋以後的『動詞＋了＋賓語』結構中的『了』大部分應是助詞。」四是「動＋了＋賓」格式能否作為體標記的判斷標準。絕大多數學者和梅祖麟一樣，都以「動＋了＋賓」格式的形成作為「了」完成語法化的標準，石鋟（2015：227～238）則認為「『動詞＋了＋賓語』格式不能作為檢驗『了』語法化的標記」，提出「判定『了』由動詞語法化為助詞的標記應該是：非動作動詞和補語結構在『了』前出現。」

我們認為以往對「已然」範疇來源的探討存在兩個方面的問題：一是把「已然」範疇的來源的探討建立在助詞「了」的來源探討上。如果僅從「了」的發展變化來看，以往人們給出的結論雖然存在一定的分歧，但都應該是沒有什麼大的問題的。然從漢語動態範疇的實際發展情況來看，從唐代開始一直到元代，漢語表「已然」標記的詞語始終不只是「了」一個詞語，因此，我們覺得應該把考察的視野放大到所有的標記詞的發展變化上面。二是把考察的重點放在了句法形式上，從單純的句法角度來判斷標記的形成和發展變化，這必然使研究思路受到束縛。我們認為，範疇的形成必然涉及的意義和形式兩個方面，語法意義的類化和概括化是語法範疇形成的意義基礎，與此相應

的標記手段的選擇和應用則體現為形式標記的語法化過程，其成熟的標誌是標記手段的單一化。因此，就「已然」範疇的發展而言，其成熟標誌應該以「了」取代其它詞語成為「已然」範疇唯一標記來判定。

從「已然」範疇的形成的歷史進程來看，在唐代就已經出現了明顯的意義類化，但概括化程度較低，與之相應的是標記手段多元，隨著意義抽象程度的加深，一些本義和抽象義相差較遠的詞語標記能力越來越弱，逐漸退出該範疇的標記系統，到元代「了」就佔據了明顯的優勢。為了便於比較，我們對《敦煌變文》和《元刊雜劇三十種》這兩本公認具有不同時代代表性的文獻中「已然」標記使用情況進行了初步統計，下面是統計的結果：

《敦煌變文》「已然」標記的使用情況

詞別\數量	了	得	取	卻	過	去	來
用例數	29	43	8	154	8	5	14
占比	11.1%	16.5%	3%	59.1%	3%	1.9%	5.4%

《元刊雜劇三十種》「已然」標記的使用情況

詞別\數量	了	得（得）	得（的）	取	卻	過	去	來
用例數	655	27	21	12	10	3	0	14
占比	88.3%	3.6%	2.8%	1.6%	1.3%	0.4%	0	1.9%

通過前文的考察和上面的統計可以看出，至少從唐到元，來源於表「完成」的動詞「了」（其它完成動詞如「畢、訖、竟」始終沒有發展成明確的表動態的助詞）與來源於表「得失」的「得、取、卻」及來源於表「移位」的「過、去、來」作為「已然」標記一直處於長期共存的狀態，當然，其間有著此長彼消的發展過程。最大的特點是在唐代由「得失（以「卻」為主要代表）」類詞語為主要標記手段發展到元代由「了」作為主要標記手段，「移位元」類詞語作為標記手段則一直占比不高且呈逐步下降的趨勢。

顯而易見，漢語「已然」體範疇來源不是單一的，以往建立在「了」的語法化基礎上的關於「已然」範疇的形成機制的探討就不那麼可靠了。因此，我們可以看出梅祖麟的「完成動詞」來源說和語言事實並不完全吻合。首先，正如蔣紹愚先生指出的，除「已」外，「訖、畢、竟」等詞語和「了」並無直接聯

繫，自然就不存在「詞彙發生變化」現象，關於這個問題蔣先生已經進行了充分的說明，這裡就不再贅述；下面我們從句法表現來看「了」的「挪位」問題。為了論述的方便，我們重點將「卻」和「了」放在一起進行比較。

　　李訥，石毓智（1997：95）曾指出，「『卻』在唐宋時期的使用頻率遠不及『了』」，從我們調查的情況來看，這個結論似乎與語言事實不符。從上表中我們可以看出，「卻」和「了」作為「已然」標記的使用頻率是處於發展變化之中的：「卻」在《敦煌變文》中占比為 59.1％，處於絕對優勢地位，至《元刊雜劇三十種》中則只占比 1.3％，而「了」在《敦煌變文》中占比僅為 11.1％，處於相對劣勢地位，到《元刊雜劇三十種》中就占比 88.3％，處於絕對優勢，二者此消彼長的情況非常明顯。從句法表現來看，唐五代時「卻」和「了」的分佈表現為格式互補的情況，「卻」主要出現在「動＋卻」或「動＋卻＋賓」格式中，如：

　　（83）邪正悉打卻，菩提性宛然。（六祖壇經）

　　（84）龍潭便點燭與師，師擬接，龍潭便息卻。（祖堂集）

　　（85）故遇善知識開真法，吹卻迷妄，內外明徹，於自性中萬法皆見。

　　　　（六祖壇經）

　　（86）一念惡，報卻千年善心，一念善，報卻千年惡滅。（六祖壇經）

　　例（83）、（84）中「卻」後沒有賓語，例（85）、（86）中「卻」後帶有賓語。

　　「了」主要出現在「動＋了」或「動＋賓＋了」格式中，如：

　　（87）不稟授《壇經》，非我宗旨！如今得了，遞代流行，得遇《壇經》

　　　　者，如見吾親。（六祖壇經）

　　（88）志誠曰：未說時即是，說了即不是。（六祖壇經）

　　（89）畫人盧珍看壁了，明日下手。（六祖壇經）

　　（90）又問：「有善知識言，學道人但識得本心了，無常來時，拋卻殼

　　　　漏子一邊著。（祖堂集）

　　例（87）、（88）「了」前動詞沒有賓語，例（89）、（90）「了」前動詞帶有賓語。

　　如果不考慮具體的詞語，而把「卻」、「了」看作是標記符號，則「卻」出現的格式有「動＋體標記」和「動＋體標記＋賓」，「了」出現的格式有「動＋

體標記」和「動＋賓＋體標記」，綜合起來看，現代漢語中「已然」標記「了」所能出現三種主要句法形式「動了」、「動了賓」、「動賓了」，在唐五代時已經全部具備了。此外，我們還收集到下面這個用例：

（91）雪峰便放卻垸水了，云：「水、月在什麼處？」（祖堂集）

（92）師才舉前話，僧指傍僧曰：「這個師僧吃卻飯了，作恁麼語話。」

（五燈會元）

儘管例子中的「卻」都具有較明顯的動相義，但應該屬於吳福祥所說的「虛化程度較高，性質接近於完成體助詞」那種類型。如果這樣，該用例的體標記格式則可歸納為「動＋體標記 1＋賓語＋體標記 2」，應該是現代漢語中「動＋了 1＋賓＋了 2」的雛形。

鑒於以上情況，我們有理由認為，從句法角度來判斷「已然」範疇的產生與否是缺少說服力的，就此而言，我們同意石鋟（2015）。實際上，如果從語法意義的角度看，唐五代時期的一些「動＋了」用例如例（87）、（88）中的「了」只能被看作是「完成體」標記，而不能被看成其它語法成分，這也為李訥、石毓智（1997）和吳福祥[7]的「加賓」說提供了證據。其實，從現象上看，曹廣順（1986）、劉堅等（1992）的「詞彙替代」說也不是沒有道理的，語言事實表明，漢語「已然」範疇形成的初期，如果不考慮其它標記詞語，只是將「卻」和「了」進行比較，二者則呈現出比較明顯的結構上的互補分佈，然最終「動了賓」替代了「動卻賓」。因此，我們覺得探討二者消長的原因，可能是比較有意義的。

探討詞語的語法化離不開對詞語意義變化的考察。現在我們再從來源的角度來看一看漢語史上曾經出現過的那些標記詞。首先，如前文所述，來自「得失」和「移位」類的表已然的標記或多或少帶有一定的動相義而和動相補語糾纏不清（這也是多數研究者認為語義不好把握而轉而求助句法形式的原因），主要是因為從理據來看，「得失」和「移位」類詞語的來源義本身和「已然」不構成直接聯繫，其範疇義的產生依賴於基本義的引申，如「得失」類詞語因表示由某一動作行為造成「得到」或「失去」，結果產生了就意味著該動作行為已結束，這樣行為目標則「實現」或「達成」，同樣，「移位」類詞語也是因為位置「移動」表示「變化」，由此而說明引起變化的動作和行為已經「完成」或「實現」，這兩類詞語的語法化過程可以概括為：概念→情狀→功能；而以「了」為

代表的完結義動詞本身就和「完成」或「實現」直接相關，其語法化只是直接由概念域向功能域轉換，意義變化較為單純，因此明確性較高。範疇義的明確程度應該是決定範疇標記選擇的一個重要因素，前二者在這方面缺少優勢。

其次，除「了」以外，早期的充當「已然」標記的詞語在語法化過程中大多出現多功能、多方向發展的情況。這裡仍以「卻」為例。《敦煌變文》中「卻」除了語法化為動態標記外，還有不少語法化為副詞的用例，如：

（93）我所以棄如灰土，自力修行，如今看即證菩提，不可交卻墮落。

　　　（《維摩詰經講經文·五》）

（94）時實積等聞維摩此語，卻問居士曰：「不委庵園世尊何時說

　　　法？」（《維摩詰經講經文·一》）

（95）不邀諸德，偏道我名，對彌勒前卻紀纖塵，向海水畔偏誇滴

　　　露。（《維摩詰經講經文·四》）

（96）佛與眾生不塞離，眾生貪戀卻輪回。（《金剛般若波羅蜜經講經文》）

例（93）中的「卻」表頻度，例（94）中的「卻」表關聯，例（95）中的「卻」表轉折，例（96）中的「卻」表解說。

根據我們的統計，《變文》中「卻」作副詞用法的有 47 例，和做動態標記的「卻」之比約為 1：3.3；《元刊雜劇三十種》中「卻」作副詞用法的則達到 163 例，和做動態標記的「卻」之比為 16.3：1。吳福祥[14]曾對《朱子語類輯略》中「卻」的各種用法作過分別統計，將他的統計結果綜合起來，我們得到該書中「卻」作副詞和動態標記之比則高達 19：1。不難看出，從唐至宋元，「卻」作動態標記和作副詞的用法發生了巨大的反比例變化，這種變化必然造成語言使用者對「卻」的功能進行取捨，而將其作為「已然」標記作用讓渡給「了」。

六、參考文獻

1. 李納，Snadra A, Thompson. R. M. ThomPson，已然體的話語理據：漢語助詞「了」（徐赳赳譯）〔A〕。載戴浩一、薛鳳生主編《功能主義與漢語語法》〔C〕，北京：北京語言學院出版社，1994 年，頁 P117。

2. 王力，漢語史稿〔M〕·北京：中華書局，1980 年，頁 302～311。

3. 梅祖麟，現代漢語完成貌句式和詞尾的來源〔J〕，語言研究，1981 年（1），頁 65～77。

4. 劉堅等，近代漢語虛詞研究〔M〕，北京：中華書局，1992 年，頁 43～129。

5. 曹廣順，近代漢語助詞〔M〕，北京：語文出版社，1995 年，頁 10～72。

6. 李訥，石毓智，論漢語體標記誕生的機制〔J〕，中國語文，1997 年（2），頁 82 ～96。

7. 吳福祥，重談「動詞＋了十賓」格式的來源和完成體助詞「了」的產生〔J〕，中國語文，1998 年（6），頁 452～462。

8. 蔣紹愚，《世說新語》、《齊民要術》、《洛陽伽藍記》、《賢愚經》、《百喻經》中的「已」、「竟」、「訖」、「畢」〔J〕，語言研究，2001 年（1），頁 73～88。

9. 石鋟，漢語史研究瑣論〔M〕，中國社會科學出版社，2015 年，頁 227～239。

10. 曹廣順，《祖堂集》中底（地）卻（了）著〔J〕，中國語文，1986 年（3），頁 192 ～201。

11. 吳福祥，《敦煌變文語法研究》〔M〕，嶽麓書社，1996 年，頁 286～311。

12. 楊永龍，《〈朱子語類〉完成體研究》〔M〕，河南大學出版社，2001 年，頁 P13～47。

13. 劉月華，動態助詞「過_2 過_1 了_1」用法比較〔J〕，語文研究，1988 年（2），頁 P6～16。

14. 吳福祥，《朱子語類輯略》語法研究〔M〕，河南大學出版社，2004 年，頁 P206～250。

多功能虛詞「方」的語義演變及其問題*

魏金光*

（遵義師範學院科研處·貴州遵義 563000）

摘　要

　　動詞「方」副詞化與「方·O·（而）·VP2」結構的演變有關，在「方＋O」結構的方式化和詞彙化機制下，動詞「方」逐漸演變出「協同副詞」「範圍副詞」「時間副詞」「語氣副詞」「關聯副詞」的功能用法。副詞「方」修飾謂詞性成分而構成的「方＋VP」結構，在簡單句中作「主要謂語」時側重於強調動作或狀態的持續；在複合句中作「次要謂語」時側重於強調事件間的時間契合性或事件背景。在複合句中「方＋VP」結構發生了「從句化」，形成了多種形式的從句，並演化出「方＋VP／NP＋（之）時」等結構，但狀位的副詞「方」並未向介詞轉化，而是表現出語氣副詞的強調功能。

關鍵詞：方；多功能虛詞；從句化；焦點化；詞彙化

一、引　言

　　（一）古漢語中「方」是一個多功能虛詞，用法複雜。解惠全等（2008：171～175）全面集釋了「方」的多功能用法及其來源；王繼紅、陳前瑞（2012）梳理了副詞「方」的不同時體意義並勾畫了其衍生順序和脈絡；馬貝加（1996）、張玉

---

　　* 基金項目：教育部 2021 年度規劃基金項目「先秦漢語多功能虛詞的語義地圖研究」（21YJA740042）。

　　* 魏金光，男，1980 年生，山東費縣人，文學博士，教授，貴州遵義師範學院科研處，主要從事漢語語法史、方言研究和國際中文教育。

金（2009）解釋了句首的「方」作時間介詞的來源問題。目前，學界多關注於副詞「方」的時體功能義研究，但對其來源及演變機制的解釋尚不十分清晰。此外，漢語是否存在「副源介詞」值得思考。

（二）「以小句為中心」為虛詞的歷時考察提供了一種視角和思路。如 Hopper&Traugott（1993：176～184）描述了一個語言演變的「從句組合斜坡」；邢福義（2000：289）指出，語法研究應「以小句為中心，以句法機制為重點」來觀察句法規則對語法因素的管控作用；John Whitman & Waltraud Paul（2005：82～94）、Redouane Djamouri & Waltraud Paul（2009：194～206）等認為「狀語位置」（adjunct position，簡稱「狀位」）或「修飾性小句」（adjunct clauses）與漢語介詞的產生也密切相關。本文「以小句為中心」對「方」的句法環境和功能用法進行描寫和分析，以期釐清其多功能的成因和相關問題。

為行文方便，本文把動詞「方」記作「方 0」，把副詞「方」記作「方 1」，把在句首與介詞有糾葛的「方」記作「方 2」。

二、「方 0」的語法化

目前，學者關於副詞「方 1」的來源論述有「動源」和「形源」兩說：一說是源於動詞「方」，如解惠全（2008：171）、王繼紅、陳前瑞（2012：540）認為，「一併、同時」義的副詞「方」是由「並」義的動詞「方」虛化而來；一說是源於形容詞「方」，如谷峰（2008：582）認為，「方、正」義的形容詞演化出了「正、恰」義的副詞「方」。

就源義看，「方」之「並」義應為其語法化源頭。儘管「方」的字形本義存有爭議，[註1]但其「並」義古今均有證（見下文用例）。華學誠（1987）指出，《說文·方部》所釋「方，併船也」在文獻、語源學和方言上均有證據，「並」為其引申義；劉又辛，張博（1992）認為，「方」之本義為「併」（即「並」或「並」）也有文獻證據，且沿用到隋唐以後。另：筆者發現，「方」之「並」義在今山東方言中仍有保留。[註2]

〔註1〕古文「方」字甲金文形體一貫，但其字形本義，眾說紛紜：「併船」說，「旁」字說，「丙」字說，「刀」字說，「坂」字說，「枋」字說。（見《古文字詁林》第七冊，721～729 頁。）

〔註2〕「併」義的「方」在筆者母語（山東費縣話）仍後保留，其義有二：使……緊合；使……整齊。如：

（一）「方₀」的語法化環境

據文獻，「方₀」語法化環境是「方₀・O・（而）・VP₂」式的連謂結構。如：

（1）a 方舟而濟於河，有虛船來觸舟，雖有惼心之人不怒。（莊子・

第二十・山木）

b 秦西有巴蜀，方船積粟，起於汶山，循江而下，至郢三千餘

里。（戰國策・楚一・張儀為秦破從連橫）

c 左足履物，不方足，還，視侯中，俯正足。（儀禮・鄉射禮第五）

（鄭玄注：「方，猶併也。」）

d 敦萬騎於中營兮，方玉車之千乘。（漢書・揚雄傳）（顏師古注：

「方，並也。」）

從文獻上看，先秦兩漢暫未見「方₀・VP₂」結構，更多是戰國以來的「方₀・
O・（而）・VP₂」式的連謂結構。

（二）「方₀」語法化機制問題

「方₀」語法化為「方₁」是由「方₀・VP₂」結構而來，還是由「方₀・O・
（而）・VP₂」結構而來，其過程和機制尚需解釋清楚。

「方₁」作副詞最初表「一同，同時」義，它在謂詞性成分（VP）前起修飾
限制作用，形成「方₁・VP」結構。春秋時期的早期用例如：

（2）a 虐威庶戮，方告無辜於上。（尚書・呂刑）

b 天之方難，無然憲憲。（詩・大雅・生民之什）

c 方命厥後，奄有九有。（詩・商頌・玄鳥）

對於「方₁・VP」結構來講，需要解釋「方₀」副詞化過程中其及物性是如
何丟失的、從動詞義「並」到副詞義「一併、一同」是如何虛化的。已有研究
尚未揭示清楚「方₀」副詞化的機制和動因。

關於副詞的形成機制，張誼生（2000：3～4）認為，結構關係、句法位置、
語義變化和語用表達、認知心理等諸多因素都會導致實詞副詞化。筆者認為，
「方₁」的形成與「方₀・O・（而）・VP₂」結構演變有關，主要表現為「方₀・
O」結構的「方式化」和「詞彙化」機制。

方方車子。（意思是，用繩子把獨輪車的簍子並緊。）

方一下筷子。（意思是，讓筷子變得齊整。）

1. 句法機制：「方式化」

本文所說的「方式化」是指在一定的句法語義結構中句法成分表達方式範疇時由陳述功能轉化為修飾性功能的過程和結果。據何洪峰（2012：3～14），「方式」作為一種句法語義範疇，是句法語義結構中對動作行為或性質變化的方法和方式的概括與抽象；從表述功能看，它可分為「陳述性方式」和「修飾性方式」。

就「方$_0$+O」與 VP 的結構和語義關係看，當二者均可陳述動作行為時，「方$_0$+O」可看作「陳述性方式」，「方$_0$·O·（而）·VP」是連謂結構。如例（1）中「方舟／船」與「濟河／江」兩種動作行為的發生具有時間〔＋先後〕特徵，前者也可看作是實現後者的方式，因此，陳述性的「方$_0$·O」可視作「方式謂語」。

當「方$_1$+O」修飾限制 VP 時，二者具有偏正關係，「方$_0$+O」可看作「方式狀語」，「方$_0$·O·（而）·VP」是狀中結構。如：

（3）a 諸侯之兵四面而至，蜀漢之粟方船而下。（史記·酈生陸賈列傳）

b 帝每臨朝，後輒與上方輦而進，至閣乃止。（北史·后妃傳下·

隋文帝皇后獨孤氏）

例（3）中「方船而下」與「四面而至」互文，「方輦而進」與「至閣乃止」互文，句意表達上凸顯的是「至」「下」「進」「止」，是句子的焦點。在結構組合中，「方船／輦」與「下」或「進」組合後，凸顯了〔＋同時〕的句法語義特徵，且對後者具有修飾性，表徵為了方式義。

作為述賓結構，「方$_0$+O」自身並無方式義，它是因與 VP 組合後形成「方$_0$·O·（而）·VP$_2$」結構才具有的。

那麼，「方$_0$·O」如何由「方式謂語」轉化為「方式狀語」的呢？

何洪峰（2012：314～317）用原因鏈事件框架及其注意之窗等理論有效地解釋了方式謂語語法化為方式狀語的認知機制，即：對於「謂狀共形」的「（S）·X·VP」結構，如果 X 作為事件的注意窗口，句法上就投射為謂語，反之就投射為狀語。

「方$_0$·O·（而）·VP」是一個複合事件，「方$_0$·O」與 VP 是下位事件，當二者都作為認知注意窗口時，如例（1）的表述，認知上先掃描起始窗口「並船」，再掃描終止窗口「濟江河」，事件的〔＋先後〕特徵明顯，句法上「方$_0$·

O」的陳述性強；當「方$_0$・O」不是注意窗口，而 VP 成為注意窗口時，如例（3）的 VP「下」和「止」是語言描繪的重點，是注意窗口，「方$_0$・O」與 VP 的事件〔＋先後〕特徵不被凸顯或識解，「方$_0$・O」成為認知空隙，其「行為義」淡化而「方式義」增強，因此，其陳述性功能轉化為附屬性的修飾功能。

2.「方$_0$・VP$_2$」的詞彙化

關於句法成分演變問題，劉堅等（1995：161～169）、楊榮祥（2005：193～198）等認為，句法位置在實詞語法化過程中具有先決性作用；蔣紹愚（2012：135～137）指出，句法會引起詞義的變化，某個詞經常出現在某個構式中，其詞義會淡化並取得構式義。〔註3〕

筆者發現：

（1）「方$_0$・O・（而）・VP」發生了結構轉化，即由連謂結構轉化為狀中結構。

（2）狀中式的「方$_0$・O・（而）・VP」結構淡化了賓語 O 的指稱性。由於「方$_0$」與 VP 不存在論元關係，對於 VP 來說，施事者具體「並」何物（O）不重要，只要「方$_0$・O」設定了一個場景，表達了「方式」義即可。據高增霞（2006：73～74），在非典型的「V$_1$OV$_2$」式連動結構中賓語 O 沒有示蹤性，V$_1$O 僅是為了敘事而設定一個場景，而並不是真正指什麼。因此，賓語 O 負載的資訊少，語義地位低，易被忽略。如例（3）中「方船」、「方輦」並不是語義表述的重點，而是一種背景資訊。

（3）在語境吸收機制下，狀位的「方$_0$・O」吸收了「方式・動作（位移）」這一構式義，演化出「一併 V（位移）」義，從而發生了詞彙化現象。

如「方軌」演化出表「（車、馬、人）並行」義。

（4）a 車不得方軌，騎不得比行，百人守險，千人不敢過也。（史記・蘇秦列傳）（正義曰「不得兩車並行」）

b 維等所統步騎四五萬人，擐甲屬兵，塞川填穀，數百里中首尾相繼，憑恃其眾，方軌而西。（三國志・魏書・王毌丘諸葛鄧鍾傳）

〔註3〕 這與「語境吸收」機制是一致的。蔣紹愚（2012：136）認為，「『語境』就是一種構式。」根據 Bybee et al.（1994：296），「語境吸收」指虛詞在上下文中吸收了具體的語境義。蔣紹愚（2012：135）認為「語境吸收」機制也導致詞義變化，其必要條件是某個詞處於某種句法組合中。

「方軌」由陳述具體的動作義概念化為位移義，體現了詞義由具體到抽象的演變。漢魏以來還進一步引申泛化出「平路」義（例）和「比肩」義（例）等。如：

> （5）a 統之，方軌易因，險塗難禦。（後漢書・鄧彪張禹等傳論）（李賢
>
> 　　　注：方軌，謂平路也。）
>
> 　　b 伊、周未足方軌，桓、文遠有慚德。（梁書・本紀・武帝上）
>
> 　　c 尚書五都，職參政要，非但總領眾局，亦乃方軌二丞；可革
>
> 　　　用士流，秉此羣目。（資治通鑑・梁武帝天監九年）

「方駕」、「方車」、「方舟」等詞也都不同程度地發生詞彙化，或表「並行」義，或表「比肩」義。

此外，「方₀・O」淡化賓語 O，還使得「方₀」脫離賓語 O，演變出「與……並行」義。如：

> （6）雖方征僑與偓佺兮，猶仿佛其若夢。（漢書・揚雄傳上）

顏師古曰：「方謂並行也」，征僑和偓佺都是仙人名。表位移義的動詞「方」融合了動作的行為和方式。

狀中式的「方₀・O・（而）・VP」結構淡化掉賓語 O 演變為「方₁・VP」結構，其實也是一種詞彙化過程。

（三）「方₁」的語義演化

1. 從「一併」義到「同時」義

「方₁」作副詞最初表「一併、一同」義，繼而演變出「同時」義。如例（7）「桴」和「鼓」並用，凸顯了空間上的協同特徵，而例（8b）凸顯動作在時間上的同時性特徵，這符合「空間→時間」的隱喻投射和演變共性。如：

> （7）戰鬥之上，桴鼓方用，賞不加厚，罰不加重，一言而士皆樂為
>
> 　　　其上死。（呂氏春秋・貴直論）
>
> （8）a 甲兵方起於天下，大攻小，強執弱。（墨子・備城門）
>
> 　　b 天下方擾，諸侯並起，今置將不善，一敗塗地。（漢書・高帝
>
> 　　　紀）

2. 從「同時」義到「正（在）」義

「方₀」先演變為協同副詞（「一併」、「同時」義），經語用推理機制繼而再

演變為時間副詞（「正、正在」義）。如：

（9）a 天之方蹶，無然泄泄。（詩‧大雅‧生民之什）

　　　b 及其壯也，血氣方剛，戒之在鬥。（論語‧季氏）

（10）a 晏子方食，景公使使者至。（晏子春秋‧內篇雜下）

　　　b 禹南省，方濟乎江，黃龍負舟，舟中之人五色無主。（呂氏春

　　　　秋‧知分）

王繼紅，陳前瑞（2012：538～540）認為，副詞「方₁」用於狀態謂詞（形容詞或靜態動詞）前表示「狀態持續」（如例9，義為「正」），用於動態動詞前表示「動作持續」（如例10，義為「正在」），這是「方₁」的進行體用法。

至此可發現，「方₁」從協同副詞演變為時間副詞時，其語義指向發生了連續統性質的變化：（1）表「一併、一同」義時，「方₁」指向前面的主語（如例7）；（2）表「同時」義時，「方₁」的語義可前指向主語，也可後指向謂詞，如例8的「方₁」的語義指向兩可看待；（3）表「正（在）」義時，其語義後指向謂詞（如例10）。因此，「方₁」的語義指向表現出了一個演變傾向：前指→前指／後指→後指。何以如此呢？

這與主語的單複數概念變化有關聯。如例（7）的「桴」和「鼓」是兩個具體的客觀事物，「方₁」只能前指時，凸顯兩個主體的協同性特徵。例（8a）「甲」和「兵」是兩個名詞，但指代的是大小或強弱的諸侯，表達抽象的集體概念，而例（8b）「天下」是一個抽象名詞，也表集體概念，因此「方₁」可前指凸顯兩個主體的協同性，也可後指凸顯動作行為的同時性。例（10）的主語均是單數概念，「方₁」失去凸顯兩個主體的句法語義基礎，轉而只能後指凸顯動作行為的同時性。

3. 從「正（在）」義到「即將」義和「剛剛」義

王繼紅，陳前瑞（2012：543～544）認為，「方₁」從「正在」義到「即將」義，與英語的 be going to 從進行體到最近將來時的演變路徑相仿，各自演化的句法環境相近。如：

（11）a 今允長矣，吾方營菟裘之地而老焉，以授子允政。（史記‧魯周

　　　　公世家）

　　　b 王方殺子以釁鐘，其吉如何？（說苑‧奉使）

    c 婦人之知，尚能推類以見方來，況聖人君子，才高智明者乎！

     （論衡·實知）

  「方₁」從「正」義演化出「剛剛」義，即由結果體演變為完成體，王繼紅，陳前瑞（2012：544～545）認為這是大多數語言的類型學共性。如：

  （12）a 方以呂氏故幾亂天下，今又立齊王，是欲複為呂氏也。（史記·

    齊悼惠王世家）

    b 對曰：「群盜，郡守尉方逐捕，今盡得，不足憂。」（史記·秦

    始皇本紀）

  「方₁」作「時間副詞」，從狀態或動作持續的進行體（「正、正在」義）到最近將來時（「即將」義）和近過去完成體（「剛剛、才」義），這是詞義的擴散啟動和語義對立引申現象，也是語用推理和轉喻機制在起作用。

  4. 從「遍、並」義到「僅僅」義

  「方₁」表總括範圍，義為「遍、並」，極有可能是「轉借」自「並（並）」的總括義。〔註4〕如：

  （13）a 湯湯洪水方割，蕩蕩懷山襄陵，浩浩滔天。（尚書·堯典）

    b 其克詰爾戎兵以陟禹之跡，方行天下，至於海表，罔有不服。

    （尚書·立政）

  「方₁」可由總括範圍演變出限定範圍，表「僅僅」義。如：

  （14）a 著生地於，凋損一千歲，一百歲方生四十九莖，足承天地數。

    （易緯乾坤鑿度）

    b 不揣其本，而齊其末，方寸之木可使高於岑樓。（孟子·告子下）

  漢語史上，副詞語義的對立引申現象很常見，如唐賢清、鄧慧愛（2013）論述了「各」「淨」「索」「專」四個範圍副詞既可表總括又可表限定的語義對立現象。

三、「方₁」的句法分佈及演變傾向

  谷峰（2008）借助「語義地圖」梳理了「方₁」的多義性和演變路徑；王繼紅，陳前瑞（2012）勾勒了「方₁」的時體演化路徑，認為「方₁」由結果體可

〔註4〕解惠全等（2008：171）認為，「方」與「旁」古音同，皆有周遍義。

演變出進行體、完成體和最近將來時的用法。

本小節不在贅述副詞「方₁」的時體演化機制，僅「以小句為中心，以句法機制為重點」〔註5〕來觀察「方₁＋VP」的分佈環境和「方₁」演變傾向。

（一）簡單句中的「方₁＋VP」

從事件上看，所謂簡單句（single sentence），就是只敘述一個事件的句子，它僅有一套主語和謂語。

「方₁＋VP」在簡單句中作謂語。如：

（15）a 於是晉侯方築虒祁之宮。（左傳・昭公八年）

　　　b 維二十九年，時在中春，陽和方起。（史記・本紀・秦始皇紀年）

（二）複合句中的「方₁＋VP」

「複合句」（complex sentence）表述的複雜事件，有兩個或多個事件，但又有主次之分的；就構成看，它是簡單句的融合。分佈上，「方₁＋VP」在複合句中有兩個位置：一是作主句的「主要謂語」（primary predicate），一是作從句的「次要謂語」（secondary predicate）。

1. 作主句的「主要謂語」

就語義表述看，「方₁＋VP」是整個句子的語意表述重心，陳述的是新資訊，多表 VP 所指稱的行為或狀態正在持續。如：

（16）a 昔我往矣，黍稷方華。（毛詩・鹿鳴之什・出車）

　　　b 季康子之母死，公輸若方小。（禮記・檀弓下）

　　　c 莊子妻死，惠子弔之，莊子則方箕踞鼓盆而歌。（莊子・第十八・

　　　至樂）

例（16）中 VP 多為形容詞或靜態動詞。據王繼紅，陳前瑞（2012：540～541）調查，從《詩經》、《左傳》到《史記》VP 由形容詞擴展到靜態動詞和動作動詞，發生了狀態持續趨減，動作持續趨增的變化。

2. 作從句的「次要謂語」

「方₁＋VP」在作分句的「次要謂語」時有三種形式：「S＋方₁＋VP」、「S＋之＋方₁＋VP＋（也）」、「S＋方₁＋VP＋（之）＋時」。「方₁」表 VP 所指稱

〔註5〕見邢福義（2000：289～298）關於「句管控」思想的論述。

的行為或狀態正在持續，義為「正（在）」，「方₁＋VP」與後續主句存在時間、因果或轉折等語義關係。

（1）「S＋方₁＋VP」式

不含有「之」的「S＋方₁＋VP」式的分句，與後續的主句存在不同的句法語義關係：

甲：「S＋方₁＋VP」表後續主句的時間背景。如：

（17）a 楚師方壯，若萃於我，吾師必盡，不如收而去之。（左傳·宣公·傳十二年）

b 晏子方食，景公使使者至。（晏子春秋·第十八）

c 太后方怒子，子其待之。（戰國策·卷三十燕二）

d 此時方夜直，想望意悠哉。（全唐詩）

例（17）中主句和從句的語意邏輯關係是以「意合法」作為表達手段的，但為了標記句間邏輯關係，有時添加時間名詞「今」和「是時」等。如：

（18）a 民今方殆，視天夢夢。（詩經·小雅·正月）

b 今邢方無道，諸侯無伯，天其或者欲使衛討邢乎？（左傳·僖公·傳十九年）

c 今魏氏方疑，可以少割收也。（史記·列傳·穰侯列傳）

d（相如）常從上至長楊獵，是時天子方好自擊熊彘，馳逐野獸，相如上疏諫之。（史記·列傳·司馬相如列傳）

並列小句若表時間關係，還可以借助一些具有篇章連接作用的連詞或副詞來實現，如添加「而」和「遂、乃、故、既而」等。如：

（19）a 今者臣來，過易水，蚌方出曝，而鷸啄其肉，蚌合而拑其喙。（戰國策·卷三十·燕二·趙且伐燕）

b 陳、鮑方睦，遂伐欒、高氏。（左傳·昭公·傳十年）

乙、「S＋方₁＋VP」表主句的時間背景的同時，與後續主句還隱含有因果關係，如：

（20）a 天方薦瘥，喪亂弘多。（詩·小雅·節南山）

b 齊方勤我，棄德不祥。（左傳·僖公·傳三年）

c 楚王方侈，天或者欲逞其心，以厚其毒，而降之罰，未可知也。（左傳·昭公·傳四年）

「S＋方₁＋VP」與後續主句既有時間關係，也有因果關係，這種雙重的邏輯關係，也是靠「意合法」來表現的。

丙、「S＋方₁＋VP」與後續主句含有事理邏輯上的轉折關係，如：

（21）a 天方授楚，楚之羸，其誘我也。君何急焉？（左傳·桓公·傳六
年）

b 楚鄭方惡，而使餘往，是殺餘也。（左傳·襄公·傳二十九年）

c 天下方務於合從連衡，以攻伐為賢，而孟軻乃述唐、虞、三
代之德，是以所如者不合。（史記·列傳·孟子荀卿列傳）

這種轉折關係既可「意合法」來表現，也可用連詞「而」來表現。

（2）「S＋之＋方₁＋VP＋（也）」式

「S＋之＋方₁＋VP＋（也）」結構作分句時，主要是為後續主句提供時間背景資訊。如：

（22）a 天之方難，無然憲憲；天之方蹶，無然泄泄。（詩經·生民之什）

b 昔有夏之方衰也，後羿自鉏遷於窮石，因夏民以代夏政。（左
傳·襄公四年）

c 秦王之方還柱走，卒惶急不知所為，左右乃曰：「王負劍！王
負劍！」。（戰國策·燕三·燕太子丹質於秦亡歸）

關於「S＋之＋方₁＋VP」式的「主＋之＋謂」結構，學界多有不同界說。
[註6] 楊伯峻（1981：350）認為，「之」在主謂結構之間使一個句子變成分句；
何樂士（1989：78）認為「之」的作用不是使主謂結構名詞化，而是給句子增
加了一種形式上的標記和內在的粘連性，從而使句子總是與一個比它大的語言
單位緊密地聯繫起來。其實，「S＋之＋方₁＋VP」在篇章中是並列小句「從句
化」現象，它關係化為時間狀語從句。（詳見下文論述）

（3）「S＋方₁＋VP＋（之）＋時」式

「S＋方₁＋VP＋（之）＋時」結構是在「S＋方₁＋VP」結構基礎上通過
添加後置詞「（之）時」來標示從句的。如：

（23）a 此天下方用肘足之時，願王勿易之也。（韓非子·第三十八篇難三）

〔註6〕王力（1980：395）認為這是「關係語」，楊伯峻（1981：350）認為是「時間狀語」，
趙元任（1952：52～60）稱作「關係主語」，李佐豐（2003：4）認為「關係主語」
可表「時間、處所、事件或範圍等」語義。

b 此乃方其用肘時也，願王之勿易也。（戰國策・秦策）

c 士方其危苦之時，易德耳。（史記・平原君虞卿列傳）

d 慶方為丞相時，諸子孫為小吏至二千石者十三人。（漢書）

對於「S＋方₁＋VP＋（之）＋時」結構，「方₁」是管界謂詞性成分「VP」，還是管界體詞性成分「VP＋（之）＋時」？若是前者，「方₁」即為副詞，那麼「方₁＋VP＋（之）＋時」為名詞性短語；若是後者，「方₁」管界「VP＋（之）＋時」，整個結構為介賓結構，「方₁」相當於介詞。

像例23b）「此乃方其用肘時也」是以判斷句的形式來表達後續小句的時間背景的，這對於介詞短語的句法身份來說是不相宜的。介詞短語屬修飾性成分，不具有陳述功能，不可獲得謂語的身份，「方其用肘時」不可認定為介詞短語作判斷句的謂語，因此，把「方₁」看作介詞並不妥。

（三）「方₁」的語用和語篇功能

張誼生（2000：3）指出，副詞形成後「其內部會由略虛向較虛的變化，或向更虛的詞類，譬如連詞、語氣詞的轉變。」「方₁」的語義和功能演變體現了副詞演化的共性。

1. 篇章連接功能

「方₁」在具有條件關係的上下文中還具有連接作用，可視作「關聯副詞」，義為「才」。如：

（24）a 人心之動，物使之然也；感於物而動，故形於聲；聲相應，

故生變；變成，方謂之音。（禮記・樂記）

b 故人至暮不來，起不食待之。明日早，令人求故人，故人來

方與之食。（韓非子・外儲說左上）

c 昔有長者子，入海取沉水。積有年載，方得一車，持來歸家。

（百喻經・入海取沉水喻）

具有篇章連接作用的副詞「方」多用於具有條件句關係的複句中，後來在語用強化機制下演變為雙音副詞「方乃」。如：

（25）a 初以授人，皆從淺始，有志不怠，勤勞可知，方乃告其要耳。

（魏晉六朝抱樸子）

b 臣得見慈母酬恩，方乃知臣是子。（隋唐五代敦煌變文）

  c 孝寬久在邊境，屢抗強敵；所經略佈置，人初莫之解，見其

   成事，方乃驚服。（宋資治通鑒）

  張誼生（2000：14）認為，漢語的副連同形或兼類，是副詞繼續演化的結果；是由推理或隱喻機制導致的。「方₁」的篇章連接功能是由表限定的範圍副詞推理而來的，它具有成為連詞的演變趨勢。谷峰（2008：583～584）認為，表範圍限定的「方₁」具有〔言少＋排他〕兩個語義特徵，表條件具有〔＋排他性〕特徵，因此，範圍義與條件義具有引申關係。〔註7〕

2. 語用強調功能

  在事件的敘述或論述語篇中「方₁」除了強調動作行為在時空契合外，還可以用於對事件間的性質或狀態的契合進行主觀強調，這在判斷句中最為明顯。如：

  （26）a 其所非方其所是也，其所是方其所非也。（呂氏春秋·孟冬紀第

     十·安死）

    b 尹文曰：「竊觀下吏之治齊也，方若此也。」（呂氏春秋·先識覽

     第四·正名）

    c 賞有功，罰有罪，而不失其人，方在於人者也，非能生功止

     過者也。（韓非子·第四十四篇·說疑）

    d 公叔座召鞅謝曰：「今者王問可以為相者，我言若，王色不許

     我。我方先君後臣，因謂王即弗用鞅，當殺之。」（史記商君列

     傳第八）

  這一用法，後代還偶見。如：

  （27）a 夫此三者，方其未悔也，陛下亦以為是邪，非邪？（宋欒城集

     卷三十五）

    b 迨此臨軒之日，方其授幾之辰。（宋欒城集卷三十一）

  這種具有主觀強調功能的「方₁」可看作是「語氣副詞」，義為「正是」。

  近代漢語時期，「方₁」常在含有條件關係的判斷句中與「是」連用，義為

〔註7〕谷峰（2008：582～584）認為，具有篇章連接作用的副詞「方」（義為「才」）是由表限定作用的副詞「方」（義為「僅」、「只」）演變來的。但谷峰（2008：583～584）勾勒的「（空間）正好〉（數值）剛好〉限定〉必要條件」，值得商榷。表限定的言少之義來源於表總括、言多的「遍」義，而非來源於表來源於空間或數值上的「正好」、「剛好」義。由言多到言少，是漢語語義的對立引申現象。

「才是」，既起強調作用、加強語氣，又有篇章連接作用。如：

（28）a 無財方是貧，有道固非病。（隋唐五代全唐詩）

　　　b 由來鬢老後，方是繭成時。（隋唐五代全唐詩）

　　　c 真得歸來笑語，方是閑中風月，剩費酒邊詩。（宋全宋詞）

　　　d 須是推來推去，要見盡十分，方是格物。（宋朱子語類）

　　漢魏以來，因語用強化「方1」與語氣副詞「當」連用雙音化為「方當」，多用以強調時間（如例29），或強調事態（義為「應該」，如例30）。

（29）a 方當盛漢之隆，願勉旃，毋多談。（漢書）

　　　b 方當秋賦日，卻憶歸山村。（全唐詩）

　　　c 然方當小人進用時，猝乍要用君子，也未得。（朱子語類）

　　　d 但見爐煙尚嫋，花影微欹，院宇沉沉，方當日午。（元明警世通言）

（30）a 今孝成、孝哀比世無嗣，方當選立親近輔幼主，不宜令異姓

　　　　大臣持權，親疏相錯，為國計便。（漢書）

　　　b 與卿死生榮辱，方當共之，故以相報。（魏晉六朝北史）

　　宋元以來偶見強調狀態持續（如例31）。如：

（31）a 方當四海寒，戀此一寸炭。（欒城集卷五）

　　　b 未若先生，方當強仕，掌握長淮百萬軍。（全宋詞）

　　　c 此時道教方當盛行，降一道聖旨，逢州遇縣，都蓋九子母娘

　　　　娘神廟，至今廟宇猶有存者。（元明警世通言）

　　「方1」表強調，具有評注性副詞的功能和用法，可看作「語氣副詞」，這是由限定性副詞（表時體用法的「方1」）演變而來的。據張誼生（2000：11），副詞內部成員構成了一個由實到虛的「描摹副詞—限制副詞—評注副詞」連續統。具體來說，動作行為間的時間契合性，與事件間的性質或狀態的契合具有認知上的相似性，因此，「方1」由時間副詞演變為語氣副詞也是隱喻機制發揮作用的結果。

（四）小　結

　　「方1＋VP」不論是在簡單句中單作謂語，還是在複合句中作「主要謂語」或「次要謂語」，「方1」對謂詞中心VP的限定和修飾功能沒有變化，在狀位具

有「限定性副詞」或「語氣副詞」的功能特徵。作從句「次要謂語」的「方₁＋VP」由一般述謂結構（「S＋方₁＋VP」）到降級述謂結構（「S＋之＋方₁＋VP＋（也）」和「S＋方₁＋VP＋（之）＋時」）經歷了「從句化」和「事件時間化」過程。所謂「時間化」是指把此事件作為彼事件的「時間背景」，在句法上表現為時間狀語從句。這些結構形式在「修飾性小句」位置浮現的「當／在S正（在）VP時，……」義。因此，「方₁」除了表協同、時體和範圍用法外，在語言推理和隱喻機制下還引申出對時間或事件的強調功能和篇章連接功能。

勞蕾爾‧J‧布林頓和伊莉莎白‧克洛斯‧特勞戈特（2013：197～207）指出，英語的「V-ing」可語法化為分詞形式的介詞、連詞或程度副詞。從時體意義上看，「方₁＋VP」與「V-ing」相類，也具有類似的演變傾向。

四、「方₂」的句法分佈及語義功能

楊樹達（1954：54）、何樂士（1985：1952）、殷國光（2008：331）等認為「方」在句首可作介詞用以引進動作行為正在發生的時間。

馬貝加（1996：39～40）認為，介詞「方」萌芽於戰國，西漢時定型，它源於其副詞用法。張玉金（2009：68～70）認為，副詞「方」在「方＋VP₁＋VP₂」中發生了重新分析，同時受到「Pre＋O＋VP」（Pre表介詞）的結構類推，又吸收了語境義（VP₁與VP₂的時間關係義）而演化為介詞。而曹日升（2001：371）認為「方」作時間介詞是由動詞「方」虛化而來。

句首的「方₂」與其後的成分形成了多種結構形式：「方₂＋S＋VP」、「方₂＋S＋之＋VP＋（也）」、「方₂＋其＋VP＋也」、「方₂＋VP＋（之）＋時」、「方₂＋NP＋（之）＋時」、「方₂＋NP」。這些結構多以小句的形式置於句首，表述的是後續主句的時間背景。依句法成分的性質，我們把「方₂」後的成分分為兩類：謂詞性的和體詞性的，以此來觀察「方₂」的性質。

（一）「方₂＋謂詞性成分」

「方₂」後的謂詞性成分均是一般述謂結構或降級述謂結構，是以小句形式來表述與後續主句的時間關係的。

1.「方₂＋S＋P」結構

從句間關係看，「方₂＋S＋P」作時間分句，有「當S正（在）P時，……」

之義，表後續主句發生或存在的時間背景。如：

（32）a 方冬無事，慎觀終始，審察事理。（管子·版法解）

b 方晉陽急，群臣皆懈，唯共不敢失人臣禮，是以先之。（史記·

趙世家）

c 方冬嚴寒，聞汝和尚未挾纊。（太平廣記·朱自幼）

「方2＋S＋P」與主句間的時間關係是靠「意合法」來理解和建構的，形式上是一種無標記的。

2.「方2＋S＋之＋P＋（也）」結構

與「方2＋S＋P」相較，「方2＋S＋之＋P」是降級述謂形式，在句首也作時間狀語從句。如：

（33）a 方事之殷也，有韎韋之跗注，君子也。（左傳·成公·傳十六年）

b 方葉之茂美，終日采之而不知，秋霜既下，眾林皆羸。（呂氏

春秋·孝行覽·首時）

c 方大臣之誅諸呂迎朕，朕狐疑，皆止朕，唯中尉宋昌勸朕，朕

以得保奉宗廟。（史記·本紀·孝文本紀）

d 方其法之行也，求無不獲，禁無不止，軼自以為軼堯、舜而駕

湯、武矣。（東坡文集）

「方2＋S＋之＋P＋（也）」結構標示的句間關係是有標記的。依楊伯峻（1981：350）和何樂士（1989：78），「主＋之＋謂」結構中的「之」使小句降級為從句，並使之粘連在主句上。

3.「方2＋其＋VP＋也」結構

「方2＋其＋VP＋也」把一事件焦點化和「時間化」來凸顯另一事件的時間背景。如：

（34）a 方其為秦將也，天下所貴之無不以者，重也。（呂氏春秋·慎行

論·無義）

b 方其夢也，不知其夢也。（莊子·齊物論）

c 兄弟者，分形連氣之人也，方其幼也，父母左提右挈，前襟後

裾，食則同案……。（顏氏家訓·兄弟篇）

d 方其逃也，皆不出京師，而罕有發覺，惟桂陽王融及禍。（梁

書·列傳第十六）

何樂士（1989：399～403）認為，「其」可表判斷和推測語氣，「其＋謂詞＋也」句大多比較肯定的判斷語氣。其實，「方₂＋其＋VP＋也」中的「其……也」與「方₂」連用既是對事件的焦點化和「時間化」操作，又是對事件背景的強調，這都是語用強化的結果。

（二）「方₂＋體詞性成分」

「方₂＋體詞性成分」置於句首表事件存在或發生的時間背景，「方₂」有「（正）當／在……」之義。

1.「方₂＋VP＋（之）＋時」結構

「方₂＋VP＋（之）＋時」的結構層次有歧解：或為〔〔方₂＋VP〕＋（之）＋時〕，或為〔方₂＋〔VP＋（之）＋時〕〕。若為前者，「方₂」直接管界 VP 表狀態的持續，此時它與「方₁」無異，是為時體副詞，義為「正」，而「……（之）時」嵌於「方₂＋VP」後使之「時間化」，藉以表達後續主句的時間背景。若為後者，「方₂」直接管界「VP＋（之）＋時」，「方₂」近似介詞，義近於「正（在）……」。如：

（35）a 方急時，不及召下兵，以故荊軻逐秦王，而卒惶急無以擊軻，

而乃以手共搏之。（戰國策·燕三·燕太子丹質於秦亡歸）

b 方辱我時，我寧不能殺之邪？（史記·淮陰侯列傳）

2.「方₂＋NP＋（之）＋時」結構

結構上「方₂＋NP＋（之）＋時」與介賓結構同形，「方₂」義為「正是在／正當在……」。如：

（36）a 方今之時，僅免刑焉。（莊子·第四　人間世）

b 方呂後時，諸呂用事，擅相王，劉氏不絕如帶。（史記·列傳·

袁盎晁錯列傳）

依句法能力看，「方₂」只能管界「NP＋（之）＋時」，「方₂＋NP」不具有句法上的獨立性，如「方呂後」不可說。這種語境下的「方₂」形式上看似具有了介詞的特徵，其實是對時間的強調。

3.「方₂＋NP」結構

「方₂」後的 NP 多是時令節氣名詞類的時間名詞。「方₂」義為「正值……時節」。如：

（37）a 桓公放春三月觀於野。（管子・小問篇）（「方」或作「放」字。）

　　　 b 方晝則見影而不見光，方夜見光而不見形。（列子）

　　　 c 方春，農桑興，百姓戮力自盡之時也，故是月勞農勸民，無
　　　　　使後時。（漢書）

　　　 d 吳未可悉定，方夏，江淮下濕，疾疫必起，宜召諸軍，以為
　　　　　後圖。（晉書・列傳第十）

　　　 e 款言人向老，飲別歲方秋。（全唐詩）

　　小結。從「方₂＋謂詞性成分」到「方₂＋體詞性成分」看似發生了結構上的「重新分析」，具有結構上的歧解性。但我們發現，不論「方₂」後的成分如何，它義近於「正當／在……時」或「正是……時」，既都具有語氣副詞的強調功能，又具有介詞的引介功能，因此，其句法語義可以剝離出兩個語義成分：「正（是）」和「（在）……時」。「方₂」看似具有的「（在）……（之）時」這一介詞框架義，實則是句首「附屬性小句」浮現出來的句法語義，「方₂＋謂詞性成分」脫離這一語境就不具有看似介詞的用法。而「方₂」表強調的語義功能則是其自身語義基因演變的結果。

五、「方₁」與「方₂」

「方₁」在句中作副詞沒有疑義，那麼「方₂」何以出現句首？這種詞序變化是否會使得「方₂」發生「副介轉換」？

（一）功能異同

句中的「方₁」和句首的「方₂」看似句法位置不同，但「方₁＋VP」結構和「方₂＋謂詞性成分／體詞性成分」都處於狀位，均是在「正當／在……時」或「正是……時」的句法語義中，「方₁」和「方₂」都含有凸顯和強調事件間發生或存在的時間契合性的功能。

「方₁」和「方₂」的句法位置和功能的一致性說明了二者詞類範疇一致，只是語義側重有所不同，前者凸顯和強調的是以狀態或動作的持續為時間背景的，而後者凸顯的是以事件存在的場景為時間背景的。

（二）演化機制

「方₁」從句中變序為句首的「方₂」，體現了位置的靈活特徵，它是伴隨句子的「從句化」、焦點化和類推等過程而發生的。

1. 從句化

語法化不僅僅限於詞彙的語法化，還擴展到句法結構。如 Hopper&Traugott（1993：176～184）描述了一個「從句組合斜坡」：

並列句（parataxis）〉主次關係複合句（hypotaxis）〉主從關係複合句（subordination）〔註8〕

「方₁＋VP」結構演化為「方₂＋謂詞性成分／體詞性成分」結構的「從句化」可描述為以下幾個過程：

過程Ⅰ，從句化：小句 a「S＋方₁＋VP」從句化為 b「S＋之＋方₁＋VP＋（也）」，或從句化為 c「S＋方₁＋VP＋（之）＋時」。

刑福義（1995：426～427）認為「小句分句化」（從句化）是促使複句得以形成的動態條件。就手段看，小句 a 與後續主句時間關係可通過無標記手段實現，也就是用「意合法」實現的（如例17），也可通過有標記手段標示（如添加名詞「今」「是時」或關聯副詞，如例18）；而過程Ⅰa〉b 和過程Ⅰa〉c 分別是通過有標記手段來實現「並列句〉主次關係複合句」的演變的，或在主謂之間添加助詞「之」，或在主謂結構之後添加後置詞「（之）時」。

在過程Ⅰ中，「方₁＋VP」的狀位構式義凸顯了「方₁」對時間背景的強調功能，也為「方₁」由「時間副詞」向「語氣副詞」的演變提供了句法環境。

2. 焦點化

過程Ⅱ，焦點化：從句 c「S＋方₁＋VP＋（之）＋時」演化為無明顯主語形式的從句 d「方₂＋VP＋（之）＋時」和從句 e「方₂＋其＋VP＋也」。

從過程Ⅰ到過程Ⅱ中，對從句 c「S＋方₁＋VP＋（之）＋時」的焦點化操作促使了「方₁」由「時間副詞」向「語氣副詞」的功能轉變。如例（23a）主語用代詞「此」複指並強調「S＋方₁＋VP＋（之）＋時」所表達的時間背景，

〔註8〕「並列句」是幾個小句相對獨立，只是在語用的制約下才在意義上關聯起來；「主次關係複合句」，是幾個相互依賴的結構，其中一個是核心，即主句，其他是不能獨立存在的從句，但這些從句不是主句的典型組成成分；「主從關係複合句」，是一個具有完整結構的句子，其典型形式是「嵌套」式的從屬結構。

這種以判斷句的形式對整個狀位主謂結構進行焦點化操作是「方 1」向「方 2」演化的中間環節。特別是當 S 省略時（如例 23b），過程 II 中從句 c 可演化為從句 d。

據何洪峰（2006：25），主謂結構處於句子的狀位時，其焦點一般落在 VP 上。因此，在古漢語中還常見「方 2＋其＋VP（時）＋也」結構，用「其……（也）」對 VP（時）進行焦點化操作以凸顯時間背景。其實，「其」除了作判斷語氣外，還殘留有代詞複指功能（如例 23b、c），可作形式主語，因此，「方 2」可看作是對降級主謂結構「其＋VP（時）」的強調。由此，過程 II 中從句 c 可演化為從句 e。

3. 類推擴展

過程 III，類推擴展，存在兩種形式：1）從句 d「方 2＋VP＋（之）＋時」或從句 e「方 2＋其＋VP（時）＋也」類推為從句 f「方 2＋S＋P」或從句 g「方 2＋S＋之＋P＋（也）」；（2）從句 d「方 2＋VP＋（之）＋時」可類推為非典型性從句 h「方 2＋NP＋（之）＋時」或「方 2＋NP」。

從句 d 或從句 e 類推為從句 f 或從句 g，屬於功能類推。「VP＋（之）＋時」是以事件表達時間，而「S＋P」或「S＋之＋P＋（也）」也是以陳述結構的形式表達事件，因此，在功能上可以形成類推。

從句 d 類推為從句 h，屬形式類推。「VP＋（之）＋時」與「NP＋（之）＋時」和時間名詞 NP 的結構形式或意義相同，均可表達時間概念，故可類推。

綜上可發現，「方 2」並未隨小句的「從句化」、焦點化或類推擴展而發生「副介轉換」，「方 2」對其後的謂詞性成分或體詞性成分起強調或引導功能，可看作是「語氣副詞」兼句首「關聯副詞」。「方 2」似英語的時間狀語從句的引導詞 when，可以引導從句，關聯主句。

因此，「方 1」和「方 2」同是副詞，只不過語義側重不同。「方 1」側重於強調動作或狀態的持續，而「方 2」側重於強調事件間的時間契合性或事件背景。

六、餘 論

在先秦典籍，「方」有時可被假借用作「道」字，如：

（38）a 列禦寇之齊，中道而反，遇伯昏瞀人。伯昏瞀人曰：「奚方而
　　反？」（莊子·第三十二·列禦寇）

b 今者臣來，見人於大行，方北面而持其駕，告臣曰：「我欲之

　　楚。」（戰國策·卷二十五·魏王欲攻邯鄲）

　　唐陸德明《經典釋文》引人釋曰：「方，道也。」（引見宗福邦等《故訓匯纂》：987）「奚道」在先秦典籍可表「為什麼」或「從哪裡」義。「方」有「從」義，借自「道」。戰國時期，「道」可作介詞，有「從」義，但這並不是說「方」的假借義可引申出引介時間的功能。

七、參考文獻

1. 曹日升，文言常用虛詞通解〔M〕，長沙：湖南教育出版社，2001 年。

2. 谷峰，古漢語副詞「方」的多義性及其語義演變〔J〕，語言科學，2008 年（6）：580～589。

3. 何洪峰，漢語方式狀語〔M〕，北京：中國社會科學出版社，2012 年。

4. 何洪峰，論句管控下的狀位主謂結構〔J〕，漢語學報，2006 年（1）：18～25。

5. 何樂士，《左傳》的〔主·「之」·謂〕式〔A〕，《左傳》虛詞研究〔M〕，北京：商務印書館，1989 年。

6. 何樂士等，古漢語虛詞通釋〔M〕，北京：北京出版社，1985 年。

7. 華學誠，「方」字本義辨誤〔J〕，九江師專學報，1987 年（1，2），頁 33～34。

8. 解惠全等，古書虛詞通解〔M〕，北京：中華書局，2008 年。

9. 勞蕾爾·J·布林頓、伊莉莎白·克洛斯·特勞戈特著，羅耀華等譯，辭彙化與語言演變〔M〕，北京：商務印書館，2013 年。

10. 李圃主編，古文字詁林〔M〕，上海：上海教育出版社，2004 年。

11. 李佐豐，上古漢語語法研究〔M〕，北京：北京廣播學院出版社，2003 年。

12. 劉堅，曹廣順，吳福祥，關於誘發漢語辭彙語法化的若干因素〔J〕，中國語文，1995 年（3），頁 161～169。

13. 劉又辛、張博，釋「方」〔J〕，語言研究，1992 年（2），頁 1501～149。

14. 馬貝加，介詞「方」探源〔J〕，溫州師範學院學報，1996 年，頁 39～40。

15. 邱峰，副詞「並」的形成機制〔J〕，蘭州學刊，2010 年（8），頁 218～220。

16. 唐賢清、鄧愛慧，範圍副詞語義對立現象探索〔J〕，中南大學學報（社會科學版），2013 年（2），頁 213～218。

17. 王繼紅、陳前瑞，副詞「方」多種時體用法的關係〔J〕，中國語文，2012 年（6），頁 537～550。

18. 王力，漢語史稿〔M〕，北京：中華書局，1980 年。

19. 邢福義，小句中樞說〔J〕，中國語文，1995 年（6），頁 420～428。

20. 邢福義，小句中樞說的方言實證〔J〕，方言，2000 年（4），頁 289～298。

21. 楊伯峻，古漢語虛詞〔M〕，北京：中華書局，1981 年。

22. 楊榮祥，近代漢語副詞研究〔M〕，商務印書館，2005 年，頁 193～198。

23. 楊樹達，詞詮〔M〕，北京：中華書局，1954。

24. 殷國光，《呂氏春秋》詞類研究〔M〕，北京：商務印書館，2008 年。

25. 張誼生，論與漢語副詞相關的虛化機制——兼論現代漢語副詞的性質、分類與範圍〔J〕，中國語文，2000 年（3～17）。

26. 趙元任，漢語口語語法〔M〕，北京：中華書局，1952 年。

27. 宗福邦等，故訓匯纂〔M〕，北京：商務印書館，2003 年。

28. Bybee, J. L., R.D. Perkins, and W. Pagliuca. 1994. *The evolution of grammar: Tense, aspect, and modality in the languages of the world.* Chicago: The University of Chicago Pres.

29. *Djamouri, Redouane and Waltraud Paul. 2009. Verb-to-preposition reanalysis in Chinese.* In: Crisma, P. and Longobardi, G.（eds.）. *Historical syntax and linguistic theory.* Oxford: Oxford University Press. 194～211

30. Hopper, Paul J. and Elizabeth Closs Traugott. Grammaticalization 〔M〕.北京：外語教學與研究出版社，1993：176～184.

31. Whitman, John and Waltraud Paul.2005. *Reanlysis and conservancy of structure in Chinese.* In：Batllori, M.et al.（eds.）. *Grammaticalization and Parametric Variation.* Oxfrd：OUP.

談談〔佛經語言學〕的內容與體系

竺家寧*

摘　要

　　〔佛經語言學〕是一門新興的學科。目的在運用語言學的知識，來讀懂佛經，並有效的處理其中的語言問題。其內涵包括了佛經的聲韻、佛經的詞彙、佛經的語法、佛經的訓詁、佛經的文字、梵漢的對應。這些知識在佛經上的運用，就是〔佛經語言學〕。這門學科的研究，需要具備的基礎訓練，有下面幾個方面：1. 掌握佛經文獻材料。2. 掌握聲韻學的知識。3. 掌握詞彙學的知識。4. 掌握語法學的知識。5. 掌握訓詁學的知識。6. 掌握文字學的知識。佛經語言學的知識，有兩個主要的目標，佛經語言學的第一個目標是通讀佛經。佛教無論是作為一個宗教，或者作為一門學術，都必須要閱讀佛經資料，而且要真正讀懂它。佛經語言學的第二個目標是了解漢語的歷史。就中古漢語來說，佛經是一座巨大的語料庫。浩瀚的大藏經，收入了五千卷左右的佛經，而從宋代開始的〔開寶藏〕，一直到今天所結集的大藏經，不下二十餘部。這是取之不盡，用之不竭的語料庫。這份資料反映了中古漢語的真實面貌。透過佛經的語言紀錄，還原了中古漢語。對於我們建構整部漢語史，具有極重要的意義與價值。佛經語言的研究，必須要分時代，才能從不同的時代觀察語言的變遷。每個時代的音韻不同，詞彙不同，弄清了其間的演化規律，才能更有效的通讀佛典。時代變了，表達方

---

　　* 竺家寧，1946 年生，男，博士，教授，University of Wales, UWTSD, Lampeter campus, UK，主要研究方向為漢語音韻學、佛經語言學。

式就不同，用詞也不同，東漢安世高翻譯的佛經，六朝鳩摩羅什翻譯的佛經，唐代玄奘翻譯的佛經，詞彙不一樣，音譯詞的形式也不一樣。這些都涉及到語言的一個重要特質：不斷的發生演化。佛經音義之書不是談佛理的專書，而是一種帶有語言學性質的工具書，是我們讀懂佛經很重要的基礎知識。所以，佛經音義的興起，正是興起於佛教最興盛、佛經翻譯最發達的唐代。古代是佛門弟子必修的課程，到了今天也是通達經義、修行佛法的重要門徑。現代的讀書人，或佛門子弟對佛經逐漸有了新的認識，不再以為佛經只是佛門的書，佛經從宗教的價值，擴大為義理的、思想的、哲學的，更擴大為文學的。近幾十年，更逐漸認識到佛經是一個語言學的寶庫，裡頭蘊藏了豐富的古漢語資料，作為研究上取之不盡，用之不竭的語料庫。無論是大學的宗教系所、文史科系，或各大佛學院，都逐漸有了這樣的認知，了解漢文佛經語言的知識不僅僅是漢語研究的重要領域，也是佛門通經悟道的重要法門。可預見的未來，這樣的認識會更普及，成為文史學者、佛門子弟基本的素養。

關鍵詞：佛經語言學；一切經音義；佛經翻譯；漢語史；梵漢對音

一、前　言

　　近二十年來，佛經語言學的研究快速發展，取得了豐碩的成果。

　　為了反映這個學科的現況，筆者在 2019 年 5 月完成了《佛經語言之旅》一書。嘗試把這門學科建立一個體系。作為這幾年在幾個大學主講這門課的教科書。去年，承蒙韓國延世大學梁英梅教授邀約，翻譯為韓文版發行。

　　〔佛經語言學〕是一門新興的學科。目的在運用語言學的知識，來讀懂佛經，並有效的處理其中的語言問題。其內涵包括了佛經的聲韻、佛經的詞彙、佛經的語法、佛經的訓詁、佛經的文字、梵漢的對應。這些知識在佛經上的運用，就是〔佛經語言學〕。

　　廣義的佛經，包含了翻譯的佛經、禪宗的語錄以及與佛教相關的各種文獻資料。這些材料的數量十分龐大，而在研究方法上，又有各種不同的切入點：聲韻、詞彙、語法、訓詁、文字、梵漢。這樣交叉起來，就可以衍生出無數的研究課題。

　　所以，佛經語言學是一個取之不盡，用之不竭的研究領域。這門學科的研究，需要具備的基礎訓練，有下面幾個方面：

1. 掌握佛經文獻材料

包含各種大藏經、禪宗語錄、佛經目錄、歷代高僧傳等。應能夠熟悉這些資料的文本性質，版本校勘，時代與作者，歷史價值等。

2. 掌握聲韻學的知識

聲韻學就是古音學，佛經和古代的聲韻有著密不可分的關聯。陀羅尼、真言、咒語、不同時代產生的音譯詞，都是運用各時代的古音轉寫音譯的。

當一個詞有諸多個漢譯形式，它們的音譯原則如何？它們音譯的時空背景又如何？用長安音對譯？還是用洛陽音？南方的建康（南京）音？時間上是用東漢音譯？還是六朝音？隋唐音？遇到梵文特有，漢語所無的音韻形式，例如複輔音（pr-之類），或多音節時，如何用單輔音、單音節的漢語去對譯？這些都是聲韻學需要處理的知識。

3. 掌握詞彙學的知識

佛經所處的中古漢語，是漢語由單音節漸漸走向雙音化的一個劇烈變動時代。佛經正好反映了這種演化。例如〔囑累〕、〔貢高〕、〔交露〕、〔下意〕、〔稱計〕等等。所以，佛經詞彙學是我們探索佛經語言的重點之一。

4. 掌握語法學的知識

每個語言都有語法，也都有各自的結構規律。梵文有梵文語法、中文也有自己的語法體系。佛經翻譯成中文之後，就改用了中文文法來表達，也就是翻譯之後必須要像中文，翻譯才有意義。

語法也會隨著時代，發生變遷。佛經翻譯時代的中古漢語語法，跟現代的國語、普通話又不盡相同。我們要讀懂佛經、研究佛經，不能不了解從東漢到隋唐的漢語語法規律。具備了這方面的知識，才能熟悉漢文佛典語句的表達方式，如何組字成詞，組詞成句的規律。幫助我們更有效的讀懂漢文佛經、研究漢文佛經。

5. 掌握訓詁學的知識

訓詁學所處理的意義，是文字、詞彙、語言學的意義概念，不是佛經義理層面、宗教層面、哲學思想層面的意義。古代佛門集大成的訓詁學專著，是唐代慧琳大師的《一切經音義》。

6. 掌握文字學的知識

宋代以前沒有印刷術，佛經的流傳，依賴抄經寫經。各人用字習慣不同，字體的時代流行風格不同，漢字又有大量的異體字、古今字、正俗字、繁簡字等差異，於是佛經輾轉傳鈔，人各異體，使同一部佛經的抄本，用字就會產生許多變體。我們閱讀佛經，看到同一句話，這個版本字這樣寫，那個版本字那樣寫，是兩字相通嗎？為什麼這兩個寫法會相通呢？什麼原則下可以相通呢？還是誤抄呢？這些辨別，就需要文字學的知識了。

北宋時代，契丹和尚行均大師編的《龍龕手鑑》就是一部佛經異體字的字典，收集了許多宋代以前的佛經俗字，提供我們閱讀佛經的參考。

二、〔佛經語言學〕研究的意義和價值

佛經語言學的知識，有兩個主要的目標，一個是通讀佛經，一個是了解漢語的歷史。

1. 佛經語言學的第一個目標是通讀佛經

佛教無論是作為一個宗教，或者作為一門學術，都必須要閱讀佛經資料，而且要真正讀懂它。

從宗教看，最高的目標當然是修行佛法、實踐佛法。然而，圓滿正覺的彼岸，必須有船筏的憑藉和引導，才能順利得渡。佛經中的語言文字正是通達彼岸的船筏。對絕大多數芸芸眾生來說，透過佛經中的語言文字，仍然是修成正果，證道成佛的不二法門。

讀懂佛經，字斟句酌是重要的基本功夫。每個人的領悟不同，詮釋不同，佛法是不是就被偏離了呢？為什麼同一個佛陀的教示，最後會衍生出這麼多不同的宗派？有的從〔空〕立論，有的從〔有〕出發，有的說〔心是菩提樹〕，有的說〔菩提本無樹〕？有的主〔顯〕，有的偏〔密〕，有的修〔大乘〕，有的修〔小乘〕，有的避世入山修行，有的入世度化眾生。種種方法，或許都有成效，都有道理，但哪一個才是佛陀的本意呢？

佛經在不同的時代，不同的社會背景，會賦予它不同的面貌。魏晉以玄學說佛，隋唐以儒學說佛，宋明以理學入佛，佛經留下眾多的注疏箋釋，哪一個才是佛陀的本意呢？

佛經從東漢到唐代，出現了許多〔同經異譯〕的現象，正是針對語言文字

的變遷，重新用後代的語言翻譯一次，就好像舊的船筏破損了，換一條新船，一樣的道理。這種對舊經重新改寫的措施，成為佛經翻譯的傳統。說明了語言工具是會隨著時代而演化的，佛經一再的重譯，正說明了古代的高僧大德，對語言文字的重視。

在〔漢學〕這樣的理念下，累積了歷代對佛經文本的閱讀經驗，於是，高僧們興起了〔佛經音義〕之學，慧苑、云公、窺基都強調了佛經的認識，必須要字斟句酌。起而為每部佛經做注音、釋義工作，他們的釋義，不從義理、思想的角度，而是語言、文字、詞彙的角度。所收的佛經詞彙，都是日常生活用詞，告訴人們怎麼念？怎麼認識這個詞？而不是收羅帶有宗教深意的佛家名相。在這樣的思路下，誕生了兩部偉大的佛經語言專著：《玄應眾經音義》和《慧琳一切經音義》。這是佛教鼎盛的唐代，應運而生的兩部集大成之作。這是累積了豐富的翻譯經驗，反映了佛教巔峰的語言文字專著。

整個六朝到隋唐的時代，僧人們都精通音韻，即使到了宋代，著名學者鄭樵《七音略・序》中曾說過：「釋氏以參禪為大悟，通音為小悟。」他所強調的通音，就是通曉聲韻之學，也就是語言文字之學。可見，當時的僧侶們把修習聲韻語言和參禪學佛，並列為最重要的兩件事。從這樣的背景，我們就很容易了解，為什麼古代的字母和等韻圖都出自僧侶。因為這是佛們〔雙悟〕之一，是通往般若彼岸的船筏。聖嚴法師曾強調：為了眾生的需要，指示給眾生，仍然需要用語言文字。

從實證經驗看，強調不立文字的禪宗，最後反而成為文字使用最多的宗派。唐代講的是〔內證禪〕，發展到了宋代，不得不走向〔文字禪〕。留下了浩大的禪宗語錄。

所以，修證佛法，不能不乖乖讀經，這是眾生悟道的不二法門。讀經之首要，即在克服語言文字變遷之障礙。就必須具備充分的文字、聲韻、訓詁、詞彙、語法的深厚根基。這就是〔佛經語言學〕。

2. 佛經語言學的第二個目標是了解漢語的歷史

就中古漢語來說，佛經是一座巨大的語料庫。浩瀚的大藏經，收入了五千卷左右的佛經，而從宋代開始的〔開寶藏〕，一直到今天所結集的大藏經，不下二十餘部。這是取之不盡，用之不絕的語料庫。這份資料反映了中古漢語的真實面貌。透過佛經的語言紀錄，還原了中古漢語。對於我們建構整部漢語史，

具有極重要的意義與價值。

佛法是眾生的，廣大的基層百姓，都有接受佛法的權力，所以要用眾生的語言來傳播佛法，用大家都能懂的方言俗語來傳播佛法。這樣的開示，成為了佛經語言使用所遵循的規律。中國古代的高僧大德，進行翻譯的時候，秉承了這個傳統，採用了當時眾生的口語白話。這樣，佛法才能進入廣大的社會，讓大家聽得懂，而不是只侷限在少數的文人學士、貴族官吏。這個語言準則，使佛教成功的進入了民間，成為全民的信仰。這個語言準則，也使今天的我們，能夠一窺古代語言的真實面貌。語言學者更可以憑藉這批龐大的語料，研究中古漢語，了解語言的演化規律，建構漢語的歷史。

佛經所提供的漢語史材料，實際上遠遠超過同時代的非佛經語料。唐宋八大家的古文運動，都是一種書面語言。今天留下來，讓我們看到的，都是這種書面語言。口語的紀錄反而很少看到了。僅有的少數中古漢語口語紀錄，只有一些樂府詩、唐代變文、唐宋語錄等。佛經卻為我們留下了大批的口語資料，這是佛經在語言學上最珍貴之處。

三、佛經材料的斷代

佛經語言的研究，必須要分時代，才能從不同的時代觀察語言的變遷。每個時代的音韻不同，詞彙不同，弄清了其間的演化規律，才能更有效的通讀佛典。時代變了，表達方式就不同，用詞也不同，東漢安世高翻譯的佛經，六朝鳩摩羅什翻譯的佛經，唐代玄奘翻譯的佛經，詞彙不一樣，音譯詞的形式也不一樣。這些都涉及到語言的一個重要特質：不斷的發生演化。

然而，我們看到的所有大藏經，編排方式都是按照經典類型、思想體系來分類的。這樣的分類系統，便於我們做宗教的研究、哲學、義理的研究，卻不適合做語言的研究。

目前大家使用的最普遍的佛經電子資料庫，是法鼓山的 CBETA 語料庫，佛經資料既可以上網檢索，也可以使用法鼓山提供的磁碟片，把所有的佛經文本重新按照歷史順序編排。

四、佛經的音義之學

現存佛教音義專著主要有五部：

1. 唐《玄應音義》25 卷。

2. 唐《慧苑音義》2 卷。

3. 唐《慧琳音義》100 卷。

4. 北宋遼《希麟音義》10 卷。

5. 後晉《可洪音義》30 卷。

這五部音義構成了古代佛經語言學的重要基礎。

音義之書不是談佛理的專書，而是一種帶有語言學性質的工具書。是我們讀懂佛經很重要的基礎知識。所以，佛經音義的興起，正是興起於佛教最興盛、佛經翻譯最發達的唐代。古代是佛門弟子必修的課程，到了今天也是通達經義、修行佛法的重要門徑。

五、結論：佛經語言研究的復興

1. 古代的佛經語言學

佛經翻譯從東漢開始，經歷了數百年，到唐代達於極盛。連帶的也興起了漢文佛典語言的研究。這就是一系列〔佛經音義〕的誕生。於是，北齊有道慧法師的《一切經音》，隋代智騫法師的《眾經音》，唐代玄應的《一切經音義》，慧苑的《新譯華嚴經音義》，雲公的《涅槃經音義》，接著有慧琳大師的《一切經音義》，集其大成。通過這些工具，我們才能有效的掌握一千年前，用當時漢語翻譯的佛經。

2. 對漢文佛經價值的重新認識

現代的讀書人，或佛門子弟對佛經逐漸有了新的認識，不再以為佛經只是佛門的書，佛經從宗教的價值，擴大為義理的、思想的、哲學的，更擴大為文學的。近幾十年，更逐漸認識到佛經是一個語言學的寶庫，裡頭蘊藏了豐富的古漢語資料，作為研究上取之不盡，用之不絕的語料庫。也認識到，佛經中的一般用詞、生活詞語，也常常是讀懂佛經的重要關鍵。

3. 佛經語言學研討會的召開

基於對佛經的新認識，2002 年由中正大學中文系和佛光山聯合舉辦了第一屆佛經語言國際學術研討會。邀請了海峽兩岸、韓國、日本、美國、歐洲的佛經語言學家，共襄盛舉。這個創舉，開啟了佛經語言學研究的高潮。此後該研

討會由海峽兩岸，以及東亞各國輪流主辦，接續不斷，參與學者老中青相繼接棒，年輕學者一屆比一屆增多，薪火相傳，代表了這個學術領域越來越受到重視，逐漸成為一門顯學。

4. 研究專書、論文的興盛

關於佛經語言的論著，竺家寧有《佛經語言研究綜述》的一系列文章，分為下列幾類單篇：詞彙篇、音韻篇、文字篇、詞義篇（訓詁篇）、語法篇、音義篇。這幾個單篇，從 2008 至 2009 年陸續發表於香光佛學院的《佛教圖書館館刊》（嘉義竹崎）。介紹了當時兩岸學者在這方面的研究成果。

大陸學者在佛經語言研究上，更為興盛。無數的老中青學者，匯聚了可觀的研究成果。大陸學者的一些著作收入了《佛光山・法藏文庫》——「中國佛教學術論典」第六輯。學位論文方面，包含兩岸青年學者的博士、碩士論文，更是汗牛充棟。反映了這方面的研究不斷向下紮根，開花結果。日本、韓國學者的研究，也大家輩出，做出巨大的貢獻。

台灣的各佛學院校、研究機構近年來也紛紛開設漢文佛典語言的相關課程，例如：

國立政治大學中文系博碩士課程的〔漢文佛典語言專題研究〕

法鼓文理學院佛教學系博碩士課程的〔佛經音義研究〕、〔漢文佛典語法研究〕

南華大學佛教學系的〔佛經語言研究〕

高雄淨覺僧伽大學〔漢系佛經文法〕等等

這個現象，顯示了無論是大學的宗教系所、文史科系，或各大佛學院，都逐漸有了這樣的認知，了解漢文佛經語言的知識不僅僅是漢語研究的重要領域，也是佛門通經悟道的重要法門。可預見的未來，這樣的認識會更普及，成為文史學者、佛門子弟基本的素養。

後　記

　　《漢語音義學研究論集（一集）——首屆漢語音義學研究國際學術研討會暨第四屆佛經音義研究國際學術研討會論文集》即將結集出版了，當此時刻，在這裡，本人很願意再囉嗦幾句。

　　首屆漢語音義學研究國際學術研討會暨第四屆佛經音義研究國際學術研討會（中國淮北，2021 年 10 月），以「漢語音義學學科建設」為主題，共收到論文 68 篇，具體內容涉及音義理論、音韻、訓詁、文字和語法等。會議採取大會報告、分組彙報兩種形式進行學術探討和交流，其中，大會報告 13 場（詳後文「附：大會報告目錄」），小組彙報共 6 組 55 場。會議與會代表 87 名，分別來自安徽大學、安徽師範大學、湖北大學、湖北師範大學、湖南大學、華中科技大學、華東師範大學、蘭州大學、南京大學、南京師範大學、上海師範大學、首都師範大學、四川大學、武漢大學、西南大學、浙江大學、鄭州大學、中華書局、中山大學和韓國國立安東大學校、韓國慶星大學校、韓國延世大學校、日本南山大學等國內外三十多所高校和研究機構，另有 200 多名網友通過騰訊會議旁聽了會議。會議的召開是當年具有特別意義的事件，為《語言學年鑒》收錄。

　　論文集收錄的文字有的當時並沒有在會議上宣讀，而是後期征集而來，如日本學者太田齋教授的《關於〈玄應音義〉的音系性質和特點》，這更能彰顯出本次結集出版的價值。「本書是第一部以漢語音義學作為主題的學術論文集，首屆漢語音義學研究國際學術研討會的舉辦和這部學術論著的出版是漢

語語言學史上值得重視的一個重要事件。」（尉遲治平）我們完全同意這樣的判斷！

值此論文集即將出版之際，第二屆漢語音義學研究國際學術研討會已經召開（中國杭州，2022 年 10 月），第三屆漢語音義學研究國際學術研討會（中國遵義，2023 年 7 月）正在緊張地籌備着，而《漢語音義學研究論集（二集）——第二屆漢語音義學研究國際學術研討會論文集》已經初步完成結集的工作。漢語音義學學科的建設與發展，深得天時、地利與人和，與有榮焉，有厚望焉！

友生瞿山鑫博士為論文集的結集整理付出了許多心血，這是需要特別說明和感謝的。

附：大會報告目錄（以報告先後為序）

1. 馮蒸：論音義學的研究對象——關於「四聲別義」詞與「同源詞（同族詞）」關係的二個問題
2. 徐時儀：略論《一切經音義字典》的編纂
3. 李圭甲：韓國所藏華嚴石經#10447 上殘字考釋
4. 楊軍：《經典釋文》等「梴」「挻」等音義匹配及相關問題
5. 方一新：讀佛經音義箚記
6. 張玉來：普通話裏的音義匹配問題
7. 敏春芳：語言接觸過程中的音義研究——以東鄉語中的「-ɕiə」和東鄉漢語的「些」為例
8. 孟蓬生：「歔」字音義辨正——兼論蠶蜀同源
9. 盧烈紅：「尊重」詞義源流考——兼議《漢語大詞典》「尊重」條存在的問題
10. 梁曉虹：天理本「篇立音義」考論
11. 竺家寧：談談佛經語言學的內容與體系
12. 汪啟明：中國語言學史上的「語史互證」芻議
13. 黃仁瑄：談談佛典音義文獻的整理與利用——基於漢語音義學學科建設的視角

編者 2023 年 3 月 9 日於華中大主校區東五樓之一隅